برفباری سے پہلے

(افسانے)

قرۃ العین حیدر

Barfbaari se pahle *(Short Stories)*

by: Qurratulain Hyder

Edition: December '2025

Publisher :

Taemeer Publications LLC (Michigan, USA / Hyderabad, India)

ISBN 978-93-6908-034-2

9 789369 080342

کتاب	:	**برفباری سے پہلے** (افسانے)
مصنفہ	:	**قرۃ العین حیدر**
صنف	:	فکشن
ناشر	:	تعمیر پبلی کیشنز (حیدرآباد، انڈیا)
سالِ اشاعت	:	۲۰۲۵ء
صفحات	:	۱۵۰
سرورق ڈیزائن	:	تعمیر ویب ڈیزائن

فہرست

ا

ہم لوگ

ہاؤ۔۔۔ ہوّہ۔۔۔ ہلو لیوٹیننٹ۔۔۔ اہم۔۔۔ ٹٹ ٹٹ۔۔۔ فلکس۔۔۔ یپ۔۔۔ مے فیئر۔۔۔ یاہ۔۔۔ او کے۔۔۔ ٹیڈل اوو سویٹی پائی۔۔۔ چیریو سیم۔۔۔ اور دوسرے لمحے ریٹا میری بہن نظروں سے اوجھل ہو جاتی ہے۔ جیسے آپ ایک بار پلک جھپک کر کہیں "جیک روبنسن" میری آٹھ سلنڈرز والی موٹر پانی کے تیز چھینٹے اڑاتی زنّاٹے کے ساتھ موڑ پر سے گزر کر جنوبی مال کی طویل اور اندھیری خاموشی میں کھو جائے اور پیچھے رات کے بھاری کہرے میں ڈوبی ہوئی سڑک کی اونچی اور زرد اور دھندلی روشنیوں کی قطاریں بے بسی سے جھلملاتی رہیں۔ ریٹا اور پیکرڈ اور تم رائل انڈین نیوی کے گلفام "سب لیوٹ" اور تھکی ہوئی سکون اور آرام کی خواہاں یہ خوابیدہ جنوبی مال جو ہم کو مے فیئر لے جا رہی ہے۔

آج رات تمام سڑکیں مے فیئر کو جا رہی ہیں کیوں کہ وہاں گالا نائٹ ہے ایک روسی اوپیرا کی نقل۔۔۔ سمجھے؟ کم ون، کم آل۔ ہم نے اسٹیج اور بار اور گیلریاں اور گرین روم سب کے سب ہتھوڑے اور درانتی والے سرخ کاغذی پرچموں سے سجائے ہیں۔ پچھلی مرتبہ جب ہم نے مے فیئر کی اسٹیج پر ہندوستانی رقص پیش کیے تھے تو نیلی اور سرخ دھاریوں اور ستاروں اور لکیروں والے جھنڈے سارے میں آراستہ کیے تھے، سمجھے

کامریڈ۔ اوہو معاف کرنا تم تو کامریڈ نہیں ہو بلکہ آر۔ آئی۔ این۔ کے ایک بے حد گلفام سے سب لفٹننٹ ہو۔ جنرل اسٹل ول کا جامِ صحت تجویز کرنے کے بعد فوری ہی، "اِز اے جولی گڈ فیلو" خوب زور زور سے اس لیے گاتے ہو کیوں کہ ہم ہندوستانیوں کا امریکہ اورامریکنوں سے بہت ہی گہرا قلبی تعلق ہے۔

لیکن کیسی فضول سی اور اکتا دینے والی باتیں ہیں یہ۔ میں بہت تھک گئی ہوں اور میری بہن ریٹا بھی، مگر میری آٹھ سلنڈرز والی کار کبھی نہیں تھکتی۔ اس کے ٹائروں کے نیچے کہر آلود لیمپوں کی مدھم روشنی میں مال تیزی سے بہہ رہی ہے۔ مے فیئر ابھی بہت دور ہے۔ میرا چھوٹا اور خوب صورت سا نیند سے بوجھل سر اپنے شانوں پر رکھ لو۔ جنوبی مال تک، صرف شمالی مال سے لے کر جنوبی مال تک۔ یعنی کس قدر مختصر یہ شرحِ زندگی ہے، سوچو تو!

اور ہماری دنیا ذرا اعلیٰ پیمانے پر کتنا کار آمدِ پٹ مینز شارٹ ہینڈ انسٹی ٹیوٹ۔ ریٹا خاموش ہے۔ ریٹا بہت سے اہم مرحلے اسی شارٹ ہینڈ میں طے کر لیتی ہے اور پھر اطمینان سے چوئنگ گم کھاتی رہتی ہے اور اپنی بڑی بڑی سبز آنکھیں اس طرح جھپکتی ہے جیسے پوچھ رہی ہو، معاف کیجئے گا، لیکن کیا آپ کو زندگی بسر کرنے کا فن آتا ہے؟ اگر نہیں تو پھر سے جا کر کسی کنڈر گارٹن میں داخل ہو جایئے ورنہ میرے ساتھ آ کر ناچیے۔

ارے آپ کو ناچنا بھی نہیں آتا؟ اور سوسائٹی میں یوں ہی داخل ہو گیے آپ؟ چچ چچ۔ اچھا آپ مادام والگا کے اسکول میں داخل ہو جایئے جو نیو انڈیا کافی ہاؤس کے اوپر ہے۔ اور آپ نے اس نکتے پر بھی غور نہیں فرمایا جسے امریکن بہت اچھی طرح سمجھ چکے ہیں۔ (فش! امریکن تمہارے اعصاب پر کب سے سوار ہو گیے ہیں بھئی!) یعنی زندگی تجارت ہے، تجارت اشتہار بازی ہے، اور اشتہار بازی زندگی۔ یہ سب اچھی طرح مکس کیے ہوئے

کاک ٹیل کی طرح ایک دوسرے سے لازم وملزوم ہیں۔

دیکھئے مادام والگا کے رقص کے اسکول کا اشتہار کس خوب صورتی سے صرف ایک سطر میں میں نے آپ تک پہنچا دیا ہے۔ یہ فن میں نے یونی ورسٹی کی تعلیم ختم کرنے کے بعد کمرشیل کالج کی شام کی کلاسوں میں شغلِ بے کاری کے طور پر سیکھا ہے۔ آپ حضرات بھی اس طرف توجہ فرمایئے اور گھر بیٹھے ہزاروں روپیہ کمایئے۔ اس کے علاوہ ہماری فرم سے آپ امریکن یونی ورسٹی کی اعلیٰ ڈگریاں بذریعہ خط وکتابت حاصل کرسکتے ہیں۔ فیس بالکل واجبی۔ پھر آپ دیکھیے ڈبلیو۔ اے سی (آئی)۔ کی زندگی کس قدر دل چسپ ہے، اور ہندوستانی شاہی بحری بیڑے کو اس وقت آپ جیسی لڑکیوں کی کتنی ضرورت ہے۔ یہ مس معینہ امام ہیں اور یہ سینئر کمانڈر لتیکا بنر جی۔

چنانچہ ہماری پیکارڈ اسی طرح تیز رفتاری سے مے فیئر کی طرف بڑھتی جارہی ہے اور ہم بہت مطمئن ہیں۔ ہمیں تھکن محسوس نہ کرنی چاہیے۔ یہ جانتے ہوئے بھی کہ 'منزل' مے فیئر کی ان نیلگوں روشنیوں سے بہت دور کہیں دھندلکوں کے پرے چھپی ہوئی ہے۔ منزل۔۔۔ ہِش بہت ہی لغو اور بے معنٰی فقط ہے یہ۔ زندگی ذوقِ سفر کے سوا کچھ بھی نہیں، خصوصاً جب یہ سفر ایک پیکارڈ میں کیا جارہا ہو۔

لیکن ریٹا اسلام احمد تم جو زندگی کی شارٹ ہینڈ میں ماہر ہو اور اپنی انسٹی ٹیوٹ کا بہترین اشتہار 'آہستہ آہستہ ناچو' کیوں کہ برسات کی یہ کالی راتیں بہت جلد گزرتی جارہی ہیں اور بادلوں کے اوپر تاریک آسمانوں میں نقرئی ستارے تیزی سے گھوم رہے ہیں۔

اور صبح صبح جب کھڑکی کے نیچے پھیلی ہوئی کچی رس بھری کی مدھم خوشبو ناک میں گھستی ہے تو سبزے کے پرے رہنے والے کیپٹن عثمان اپنے دریچے میں کھڑے ہوکر یوں ہی بے فکری اور بے نیازی سے سیٹی بجانے لگتے ہیں۔ (یہ ایک اہم سائیکلو جیکل نکتہ ہے کہ

انسان کھڑکی میں کھڑے ہو کر سیٹی کیوں بجاتا ہے۔) اس وقت ریٹا میری بہن کی آنکھ کھل جاتی ہے اور چند لمحوں تک اپنی بڑی بڑی سبز آنکھیں کاہلی سے جھپکانے کے بعد وہ دوسری کروٹ لے کر خوابوں کے نقرئی تار کو وہیں سے ملا دیتی ہے جہاں سے کیپٹن صاحب کی سیٹی نے اسے توڑ دیا تھا۔ کہتے ہیں کہ بجھتے تاروں کی چھاؤں میں جنم لینے والے سپنے ہمیشہ خوش گوار اور سچے ثابت ہوتے ہیں، رس بھری کی سوتی ہوئی خوشبو کی لپٹوں جیسے۔ ان دھندلے سنہری پانیوں میں اپنی خوابوں کی کشتی کھیتی رہو، ریٹارانی۔۔۔ انجانی چٹانوں اور اجنبی ساحلوں سے بچا کے۔

دیکھتے ہو کامریڈ۔ اس بورژوا لڑکی، اس جاگیر دارانہ نظام اور ذہنیت کی فروزاں قندیل کا وجود کتنا فضول اور بے مصرف ہے۔ اٹھ اور خوب صورت کاہل عورت، تجھے اسکیٹنگ ہاکی ٹورنامنٹ کی شیلڈ حاصل کرنے کے حد سے زیادہ لغو خواب دیکھنے کا کیا حق ہے جب کہ۔۔۔ جب کہ۔۔۔ جاگ کہ سرخ سویرا آتا ہے۔ ("سرخ سویرا" اور تمام کمیونسٹ لٹریچر آپ کو قومی کتاب گھر مقابل پلازا سنیما مل سکتا ہے۔) گومتی کے پار نارنجی افق پر صبح کی پہلی کرنیں بکھرنے لگی ہیں اور ریٹا، میری بہن، ہلکی ہلکی سیٹیوں کی آوازوں کے سہارے خواب میں مسوری کی رِنک کی سطح پر شیلڈ کی جانب بڑھتی جا رہی ہے۔ اس کے نئے اوبیرائے کے اسکیٹس ہر سال اسی طرح اسے جیتنے میں مدد دیتے ہیں۔ (ہمیشہ اوبیرائے کے اسکیٹس اور ہاکیاں استعمال کیجیے)۔ اور مسوری کا چمپئن این۔ کے۔ خواجہ، جسے ریٹا نے پچھلے سیزن میں ہرایا تھا، کہتا ہے کہ ایک سخت میچ کے بعد روزیز اسکویش کا ایک گلاس مجھے ہمیشہ بے حد ریفریشنگ ثابت ہوا ہے۔ روزیز اسکویش کے علاوہ اگر آپ ہوٹل برلنگٹن کے نیلگوں کیفے میں تشریف لائیے تو ہم آپ کو رس بھری کا بہترین شربت پیش کریں گے۔

اس لیے بھائی ریٹا اب جاگ اٹھو۔ اتنی آہستگی سے رقص نہ کرو، سمجھیں، کیوں کہ زندگی بہت مختصر ہے اور ہم بہت مصروف اور ابھی ہم کو کتنے بے حد ضروری کام کرنے باقی ہیں۔ تمھیں این۔ کے۔ خواجہ کو ہرانا ہے۔ میں ہندوستانی کلچر سوسائٹی کے ایٹ ہوم میں مانی پورر قص پر انگریزی میں جو تقریر کرنے والی ہوں۔ اس کے لیے کتابوں میں سے خوب صورت جملے چرانے میں مشغول ہوں (کیوں کہ ابھی ہندوستان میں فنِ تقریر سکھانے کے کالج قائم نہیں ہوئے) اور کیپٹن عثمان کے سیر ینیڈ بے کار جارہے ہیں۔ اب جاگو رادھارانی!

کیوں کہ صبح ہوگئی ہے اور سنہری پھولوں کے راستے تمہارے منتظر ہیں۔

صبحِ نو۔ افوہ۔ صبحِ نو!

پھر ایک اور صبح اور ایک شام۔۔۔ یہ دن اور راتیں۔۔۔ حماقت کے افسانوں کے کارواں۔۔۔ بے بس و بے معنیٰ! آیئے کامریڈ میں آپ کو ایک نئی داستان سناؤں۔ امید ہے آپ کو معلوم ہوگا کہ میں ایک بڑی سحر طراز افسانہ نگار ہوں۔

جی ہاں، جی ہاں۔۔۔ خوب! مس حیدر آپ کی تو نثر میں نظم کی سی حلاوت، روانی اور لچک ہے۔ مجھے اجازت دیجیے کہ میں اپنے تازہ ترین قطعات آپ کے گوش گزار کروں جو میرے نئے مجموعے "چھپّر" میں بھی شامل ہیں۔

عرض کرتا ہوں کہ۔۔۔ مجھ کو منظور نہیں چاند ستاروں کا سفر!

میرے کھوئے ہوئے۔۔۔

افوہ۔۔۔ بہت بہت شکریہ۔۔۔ واقعی کس قدر خوب صورت نظم ہے آپ کی۔ لیکن اب مجھے باہر جانا ہے۔ اگر آپ کسی اور دن تشریف لائیں تو کیسا رہے۔ خدا حافظ! کامریڈز۔ کھم اے لانگ کیپٹن!

اُف یہ سرمایہ دار!

یہ لڑکیاں!!

یہ لوگ!!!

عثمان، عثمان، سچ مچ میں بہت تھک گئی ہوں۔ سچ مجھے منظور نہیں چاند ستاروں کے سفر، بالکل سچ۔ مجھے منظور نہیں۔۔۔ میں نے صاف جھوٹ بولا تھا کہ مجھے ان سایہ دار، خاموش، سکون بخش راستوں، اس سوتی ہوئی موسیقی، اس تیسرے درجے کی پٹی ہوئی رومان پرستی سے شدید نفرت ہے۔

نہ جانے کیا کیا کہتی رہتی ہو۔ بھئی مجھ سے افسانوں والی کے علاوہ جو دوسری اردو ہوتی ہے اس میں بولا کرو۔ سمجھیں؟ لیکن وہ جانتا ہے کہ میں نہیں سمجھ سکتی۔۔۔ نہیں سمجھنا چاہتی۔

پھر گومتی کے کنارے آموں کے سائے میں رکی ہوئی پیکارڈ کے فٹ بورڈ پر بیٹھے بیٹھے کیپٹن عثمان دنیا جہاں کی باتیں کرتا رہتا ہے۔ شبنمی خوابوں کی باتیں، قطعی غیر ضروری اور بالکل بے معنی جن کی کوئی اہمیت نہیں، جنہیں سنجیدگی سے لینے کا ذرا احساس نہیں ہوتا لیکن پھر بھی آموں کے سائے بڑھتے جاتے ہیں، گومتی بہتی رہتی ہے اور یہ باتیں ختم ہونے میں نہیں آتیں۔ زندگی کے سوال کو اب تک ہم حل نہیں کر سکے ہیں۔ لیکن وہ متجسس اور متلاشی اور حساس آنکھوں اور بوجھل پلکوں والی زرد رو عیسائی لڑکی، جو بھائی میاں کے پاس ریڈیو کی ملازمت کی درخواست لے کر آئی تھی، بہت آسانی اور صفائی سے سوال کو حل کر چکی ہے۔

وہ سوتی ہوئی سی لڑکی، جو اس روز برآمدے میں پہنچ کر بھائی میاں کے سامنے جانے

سے قبل ہیٹ ریک کے آئینے میں اپنے آپ کو دیکھنے کے لیے ایک لمحے کو ٹھٹک گئی تھی، مجھے اندر آرام کرسی پر "لائف" کے صفحوں میں ڈوبا دیکھ کر جیسے اس کی آنکھیں کہہ رہی تھیں: تم رولنگ چیئر پر جھولتی رہو مگر یقین کرو کہ میں تم سے زیادہ عقل رکھتی ہوں۔ حالاں کہ میرے پاس یہی ایک بہترین ساری ہے جسے میں نے انٹرویو کے لیے اتنے دنوں سے سنبھال رکھا ہے۔ اس سے بھائی میاں نے پوچھا تھا آپ کو پہلے بھی کوئی کام کرنے کا تجربہ رہ چکا ہے؟ اور اس کی سایہ دار پلکیں لرز اٹھی تھیں۔ کیسا بھونڈا اور غیر ضروری سوال ہے۔ وہ ہمیشہ سے کچھ نہ کچھ کرتی آئی ہے اور ہمیشہ کچھ نہ کچھ کرتی رہے گی کیوں کہ اسے زندہ رہ کر زندگی کے سوال کا حل تلاش کرنا ہے اور زندہ رہنا رولنگ چیئر پر جھولنے والوں کے علاوہ دوسرے کے لیے خاصا مصیبت کا کام ہے۔

پھر بھائی میاں نے اس سے پوچھا تھا: آپ کس قسم کی ملازمت زیادہ آسانی اور دل چسپی سے کر سکیں گی۔ ٹیلی فون آپریٹر، ڈرامہ آرٹسٹ، ری سپ شن اِسٹ Anything, Anything۔ بھائی میاں نے اس کے الفاظ دہراتے ہوئے اس کا نام کاغذ پر بے فکری سے گرا دیا اور چلتے وقت اس نے بھائی میاں پر شکریہ کا ایک تبسم پھینکا جو کہہ رہا تھا کہ تم نہیں جانتے زندگی کے پِٹ مینز شارٹ ہینڈ انسٹی ٹیوٹ کا ایک اشتہار میں بھی ہوں جو گھر بیٹھے ایک ہزار ماہوار کمانے کی دعوت دیتا ہے لیکن یہ پیکارڈ کے کشنوں اور اسکیٹنگ رِنگ پر پھسلنے والی نفاست کا حامل نہیں بلکہ خدا کو حاضر و ناظر جان کر شائقین کو مخاطب کرتے ہوئے "چترا" اور "بیسویں صدی" میں شائع ہونے والے اعلانوں کی قسم میں سے ہے جس کو نہایت آسانی اور بے تکلفی سے پڑھ سکتے ہیں اور جو زندگی سے زیادہ قریب اور زیادہ صحیح ہے۔

لیکن ہم اس عیسائی اور سوتی ہوئی سی لڑکی سے شکست ماننے کو تیار نہیں ہو سکتے۔۔۔

ہم جو چار ہیں۔۔۔ اور اس سے بہت بلند اور اعلیٰ و ارفع ہیں۔

ہم لوگ جو ستاروں سے پرے رہتے ہیں۔۔۔ شیشے کے رنگ محلوں میں۔ اور شیشے کا رنگ محل بہت جلد ٹوٹ سکتا ہے۔ مگر ہم چاروں نیچے زمین کی پستیوں میں بسنے والوں پر پتھر پھینکتے رہتے ہیں اور چوئنگ گم کھاتے رہتے ہیں۔

شکنتلا وارشنے، جو ہیڈی لیمار کی طرح آنکھیں نیم وا کر کے فرصت کے لمحوں میں سوچا کرتی ہے کہ جب وہ فلائٹ لیفٹیننٹ روجرز کے ساتھ شادی کر کے زمانہ بعد از جنگ کے بین الاقوامی تعلقات استوار کرتی ہوئی فلاڈیلفیا یا میامی جائے گی تو کس قسم کا بالوں کا اسٹائل بنایا کرے گی۔ اور طلعت، جو کہ کمیونسٹ ہے اور ہندوستان کی قومی مشترکہ زبان کے لیے صبح سے شام تک فکر مند رہتی ہے اور جب سے ہمارے صوبے میں "قومی جنگ" پر پابندی عائد کی گئی ہے اس کا وزن پورا آدھ پونڈ کم ہو گیا ہے۔ پارٹی کے حکم کے مطابق مسلم لیگ میں شامل ہونے کے بعد سے اس نے بے حد مستعدی سے پاکستان کی اقتصادیات اور حکومتِ الٰہیہ پر کتابیں پڑھنی شروع کر دیں۔ روزانہ ہمیں فرسکو اور شملہ کانفرنس کے متعلق ضروری باتوں سے واقف کراتی ہے۔ اس قدر مخلص اور سویٹ بچی ہے۔ خدارا آپ ہی اس سے شادی کر لیجیے۔

اور ریٹا، جو میری ماموں زاد بہن ہے، جس کی آنکھیں شاہِ بلوط کے جنگلوں کے کنارے کسی جھیل کے پانی کی طرح گہری سبز ہیں اور جب وہ سیٹی بجاتی ہے تو کائنات زیر و زبر اور فضائیں تہ و بالا ہو جاتی ہیں اور بربطِ دل کے تار لرز اٹھتے ہیں اور نیلی آنکھوں والے امریکن اپنی چمکیلی ڈاج یا نیش کے بریک دبا کر اسے لفٹ دینے کو رک جاتے ہیں، اسی طرح جیسے اس کی بلونڈ ماں میری آنٹ ربیکا کے گرم یہودی خون کی کشش سے مجبور ہو کر میرے ماموں میاں نے استفسارانہ سیٹی بجا کے بین الاقوامی نسلی مسائل کی گتھی میں

ایک اور چھوٹی سی کبھی نہ کھل سکنے والی گرہ کا اضافہ کر دیا تھا۔

آنٹ ربیکا، جو برلن کے ایک دہکتے مہکتے ہوئے قہوہ خانہ کی ویٹرس تھیں اور میرے ماموں میاں جنہوں نے اعلیٰ طبّی تعلیم حاصل کرنے کے لیے جرمنی مراجعت فرمائی تھی اور وہاں سے واپس آ کر ہندوستان میں آفتابی اور بنفشی شعاعیں پھیلانے کے بجائے ایک میڈیکل کالج میں محض تھرڈ گریڈ لیکچرر ہو گیے تھے اور جو پرو جرمن خیالات رکھنے کے جرم میں اب تک نینی تال میں نظر بند ہیں۔ آنٹ ربیکا عرصہ گزرا اسی میڈیکل کالج کے ایک انگریز پرنسپل کے ساتھ بھاگ چکی ہیں اور ان کی سبز آنکھوں والی بیٹی ریٹا سیٹیاں بجاتی ہے اور تاروں کی چھاؤں میں رس بھری کی ٹھنڈی کونپلوں کے خواب دیکھتی ہے، اپنی ماں جیسے۔۔۔ اور اس کی ماں نے بھی یوں ہی ہلکی ہلکی سیٹیاں بجائی ہوں گی۔ میرا مطلب ہے کہ یوں ہی ہوتا آیا ہے۔ نظامِ عالم کی تشکیل و تنظیم اسی طرح ہوئی ہے بھئی!

لیکن حماقت دیکھیے کہ فرسکو کانفرنسیں منعقد ہوتی ہیں۔ نسلوں کے اختلاف سے منتج مسائل کے حل کے لیے انٹرنیشنل ہیلتھ بیورو اور لیگ آف نیشنز قائم کی جاتی ہے، لڑائیاں لڑی جاتی ہیں، حالاں کہ اس ساری دردسری کے باوجود ان پروبلمز کو نہایت آسانی سے اور اطمینان کے ساتھ نہایت نفاست سے انڈیا گیٹ کے آس پاس تاج کے سوٹوں اور ورسوا کی کاٹجوں میں حل کر دیا جاتا ہے۔ غور فرمایئے کہ ان ہی سیٹیوں اور جوابی مسکراہٹوں کے نقرئی اور غیر مرئی تار کے سہارے یہ دنیا رقصاں ہے ورنہ ہم سب کب کے ختم ہو چکے ہوتے۔ کرّے میں حرارت کی نارمل ڈگری برقرار رکھنے کے لیے یہ ساری باتیں بے حد ضروری ہیں۔ اور اس نکتے کو وہ زرد رُو عیسائی لڑکی اور میری بہن ریٹا اور شاہدہ اکرام، جو چند ماہ میں جونیر آفیسر سے ایک دم سینئر کمانڈر ہو گئی، اور میری آنٹ ربیکا سب اچھی طرح سمجھ چکی ہیں۔

چنانچہ یہ ہم لوگ ہیں۔ غور فرمایا آپ نے؟ اگر غور نہیں فرمایا تو اور بھی اچھا کیا۔ مجھ سے ملیے۔ میں جو اپنی گونا گوں قابلیتوں پر بہت نازاں ہوں۔ بچپن میں کونوینٹ میں تھوڑی سی فرنچ سیکھی تھی۔ اب وہ بالکل یاد نہیں رہی مگرت کے رومینٹک تلفظ کے ساتھ انگریزی کے چند خاص خاص الفاظ اس طرح استعمال کرتی ہوں جیسے مجبوراً انگریزی بولنی پڑ رہی ہے۔ بچپن میں ایک دفعہ والدین کے ہمراہ یورپ گئی تھی شاید دو مہینے کے لیے۔ اب کسی نئے شخص سے تعارف ہوتا ہے تو میں اسے کہتی ہوں مجھے یاد پڑتا ہے شاید میں نے continent میں کہیں آپ کو دیکھا تھا۔ وہ بےچارہ فوراً مرعوب ہوجاتا ہے۔ دیگر اوصافِ حمیدہ یہ ہیں کہ بہترین conversationalist ہوں۔ پہلے جب ٹینس کا بے حد شوق تھا تو آپ پر ثابت کرسکتی تھی کہ ابھی ابھی سمنت مصرا کو ہرا کر چلی آرہی ہوں۔ اب کچھ عرصے سے افسانہ نگاری شروع کردی ہے اور اپنے ہر افسانے میں پیکارڈیا ایک اسٹوڈی بیکر کار کا ذکر کردینا ضروری خیال کرتی ہوں۔

اور ان چمکیلے دنوں اور سنہری راتوں کا کارواں اس طرح گزر رہا ہے۔ ہم بڑھتے جاتے ہیں اسی منزل کی جانب جو مے فیئر کی نیلی روشنیوں سے کہیں آگے چھپی ہوئی ہے۔ طلعت کی "قومی جنگ" اور دیہاتی گیتوں کے مجموعے، شکنتلا کا تان پورہ، ریٹا کی اسکیٹس، میرے ٹینس ریکٹ۔ ہم سمجھتے ہیں جیسے ان چیزوں نے ہماری گہرائیوں کو پالیا ہے۔ یہ ہماری شخصیتوں، ہماری طبیعتوں کی نمائندگی اور رہنمائی کرتے ہیں۔ لیکن یہ غلط ہے۔ ہمیں ان چیزوں سے بھی اتنی ہی نفرت ہے جتنی دنیا کی کسی اور معمولی چیز سے ہوسکتی ہے۔ گو ہم اپنی جگہ سے ہٹ کر اپنی ہار ماننے کا خیال بھی نہیں کرنا چاہئے۔ دنیا کتنی بے انتہا اکتا دینے والی گھسی ہوئی اور گھٹیا جگہ ہے۔

طلعت "ذہن پرست" ہے (اس اصطلاح سے میں ابھی چند روز ہوئے اشک کے

ایک ڈرامے کے ذریعے واقف ہوئی ہوں)۔ یونی ورسٹی میں بھی سب اسے انٹلکچوئل اور جانے کیا کیا سمجھتے ہیں لیکن اس وقت میں اس سے کہوں کہ اگر وہ مستقل اس پوز سے اکتا گئی ہو تو دوسرا دل چسپ مشغلہ شروع کر دے تو وہ یقیناً رو پڑنے کے علاوہ اور کچھ نہ کرے گی حالاں کہ وہ کہتی ہے کہ وہ سب کچھ کر سکتی ہے۔

وہ "قومی جنگ" پر پابندی کے خلاف ایک زوردار احتجاجی مقالہ لکھنے میں محو ہے۔ شکنتلا تان پورے کو ٹیون کرنے کی کوشش میں مشغول اور میں اس پر مصر کہ چونکہ میں موسیقی کے میرس کالج میں سکنڈ ایر تک رہ چکی ہوں اس لیے تان پورے کے درست کرنے کا حق قانوناً مجھ تک زیادہ پہنچتا ہے۔ خصوصاً جب کہ بارش میں لالہ کے پودے نکھر رہے ہیں اور کیپٹن عثمان کی سیٹیاں برساتی ہواؤں میں تیر رہی ہیں۔ آسمان پر ایک طویل و وسیع اکتاہٹ طاری ہے۔

روم جھوم بدروا برسے۔ روم جھم!

شکنتلا وارشنے، تان پورے سے سر ٹیک کر گوملہار کا خیال گاتی ہے۔ طلعت، جو سامراج اور فاشیت کے خلاف قہوے کی پیالیوں کے ذریعے لڑ رہی ہے۔ اور ریٹا جس کی آنکھوں کی سبزی میں ہمیشہ سکون اور خاموشی جھلکتی ہے۔۔ محمد شاہ پیا سدارنگیلے۔ محمد شاہ آہ پیا سدارنگیلے۔۔ اُن بن جیرا ترسے۔۔۔ جیرا ترسنے کا ساون کے مہینے سے کیا خاص تعلق ہے؟

ہیولاک ایلس کا مطالعہ کرو!

اووف۔۔۔ اے خدا۔۔۔ کاش وہ سارے بکھرے ہوئے نغمے ایک مضراب سے جاگ اٹھیں جو صدیوں سے تان پورے کے تاروں میں سمٹے ہوئے ہیں۔ وہ پرانے تار جو ہندوستان کے رنگیلے پیاؤں کے درباروں میں چھیڑے جاتے تھے۔ وہ رنگیلے پیا جنہوں نے

ہندوستان کی تاریخ کو اتنا ضخیم بنادیا کہ مقابلے کے امتحانوں میں ان کے متعلق جواب لکھ کر پی۔ سی۔ ایس۔ بناجاسکے۔

دیکھا آپ نے ہم چاروں کو سیاسیات میں بھی دخل ہے۔

مجھے تمہارے میر قاسم اور تمہارے سراج الدولہ اور تمہارے جانِ عالم سے قطعی کوئی ہمدردی نہیں۔ طلعت بیٹھے بیٹھے نہ جانے کیا سوچتے ہوئے یک لخت کہہ اٹھتی ہے۔ وہ عوام کی کہاوتوں اور گیتوں پر ریسرچ کر رہی ہے۔

برسو رام دھڑا کے سے۔ بڑھیا مر گئی فاقے سے۔

کتنا زبردست اور عظیم الشان انکشاف ہے کہ عہدِ زرّیں میں، سامراج اور قحطِ بنگال سے بھی پہلے، بڑھیاں فاقے سے بھی مرا کرتی تھیں۔

فش۔۔۔ کیپٹن عثمان۔۔۔

ایک نقطے پر ہم ہر پھر کے آتے آتے رک جاتے ہیں۔

جہنم میں جائیں تمہارے کیپٹن عثمان اور جانِ عالم پیا۔۔۔ سب کے سب۔ اور میری بادام جیسی آنکھوں میں پانی چھلک آتا ہے۔ مجھے اپنی بے کار تاریخ، اپنے مردہ بادشاہوں سے عشق ہے۔ میں انہیں موردِ الزام ٹھہرتے دیکھنا برداشت نہیں کر سکتی۔ اودھ کے وہ پرانے بادشاہ جن کی عطا کی ہوئی جاگیروں کی آمدنی اور معجونیں کھاتے کھاتے میرے سارے بزرگوں نے مسہری پر انتقال کیا۔ وہ بزرگ جن کی خلعتوں والی روغنی تصویریں ڈرائنگ روم کی شان میں اضافہ کرتی ہیں اور پکار پکار کر کہتی ہیں کہ اے آنے والے تم ایک تعلقہ دار کے ڈرائنگ روم میں داخل ہو رہے ہو جس کے پردادا کے پاس پینتالیس گاؤں تھے اور جس کے پرپوتے نے فروخت اور ضبطی کے سلسلے کی آخری چوالیسویں کڑی تک پہنچ کر آخری گاؤں کے روپے سے ایک رولس خریدی جس کو village on wheels کہلاتا سن کر وہ اتنا خوش ہوتا تھا جیسے وہ خود جان عالم کا بھتیجا ہے۔ اس جانِ عالم کا بھتیجا جس کا ملک ویلز لے اور ڈلہوزی کی کوچ کے پہیّوں کی رگڑ سے ترش ترشا کے سات سمندر پار کے جگمگاتے تاج کا کوہِ نور بن چکا ہے۔ اور وہ ملک جس پر کبھی غروب نہ ہونے والے آفتاب کی کرنیں دو سو سال سے مستقل برس رہی ہیں، جن کی تمازت سے کھیت اور وادیاں سونا اگلتی ہیں اور انسان سڑک کے کنارے پٹریوں پر سوتے ہیں اور اکثر وہیں مرتے بھی ہیں۔

اور "مدر انڈیا" کے گرد پوش پر بنی دیو داسی کے پازیب کی جھنکار گونج اٹھتی ہے۔

ریٹا چپ چاپ مے فیئر کے نئے رقص کے متعلق سوچ رہی ہے۔ کیپٹن عثمان کی کوٹھی میں ریڈیو گرام بجتا رہتا ہے۔ ایف۔ کیسانووا کا آرکسٹرا اور اس کے ساتھ ساتھ پنکج ملک کا گیت --- پران چاہیں --- نینا نہ چاہیں --- پران چاہیں --- کیپٹن عثمان، جنہیں اپنی خوب صورتی اور قابلیت کی وجہ سے مغالطہ ہے کہ سارے جہاں کی لڑکیاں ان پر ایک ساتھ جان دیتی ہیں۔ کیپٹن عثمان آئی۔ اے۔ ایم۔ سی میں ہیں۔ ایک دفعہ ایکٹنگ میجر رہ چکے ہیں اور کہتے ہیں کہ بہت جلد لفٹننٹ کرنل ہو جائیں گے جو یقیناً بہت بڑی بات ہے کیوں کہ میڈیکل کالج سے نکلے ابھی پورے تین سال بھی نہیں ہوئے۔ ان کے باپ بھی فوج میں تھے اور دادا بھی اور پردادا بھی۔ ان کا راجپوت خاندان جان لارنس کے زمانے سے دولت انگلشیہ کا جاں نثار و وفادار رہا ہے اور پنجاب میں ستلج کے کنارے کنارے ان کے بہت سے چک ہیں جو غالباً انہیں بھی کسی پرچے پر خون سے لکھے ہوئے الفاظ میں ان کے پردادا کی غدر کی فوجی خدمات کے اعتراف کے سلسلے میں ملے تھے۔ (ستلج کے وہ کنارے جہاں الاؤ کے گرد اور بیریوں کے نیچے اور چوپال میں بانسریاں بجتی ہیں اور احمد ندیم قاسمی کے افسانے جنم لیتے ہیں۔)

کیپٹن عثمان دلاور سورماؤں کی اسی زرخیز سرزمین کے فرزند ہیں۔ وہ جاپانی شہنشاہیت اور فسطائیت کے خلاف نہایت تن دہی سے سرگرمِ عمل ہیں۔ زخمیوں کو تندرست کر کے دوبارہ محاذ پر بھیجتے ہیں اور اپنی یونٹ کی سرخ ہونٹوں اور نارنجی بالوں والی ویلفیئر ورکرز سے فلرٹ کرتے ہیں۔ ان کا بیٹا بھی اپنی خاندانی بہترین روایات ملحوظ رکھتے ہوئے آئندہ پچیس سال بعد بین الاقوامی سیاست کی لیبارٹری میں تیار شدہ کسی نئی 'اِزم' کے خلاف لڑے گا اور فلرٹ کرے گا۔

تو آپ کیپٹن سے ملیں گے؟ مے فیئر تشریف لائیے۔ یہ آپ کے ساتھ بہترین پولکا کریں گے اور رومبا اور فوکس ٹروٹ۔ اگر آپ کو واپس گھر لوٹنے میں خنکی کی وجہ سے زکام ہو گیا ہو تو یہ آپ کو ہسپتال سے دن میں پندرہ مرتبہ فون کر کے یقین دلائیں گے کہ آپ کے زکام کی وجہ سے انہیں فکر کے مارے رات بھر نیند نہیں آئی اور آپ رات بھر چاندنی میں رس بھری کی خوشبوؤں کے خواب دیکھتی رہیں گی۔ پر ان چاہیں، ممکن ہے اخلاقی جرأت کی کمی کی وجہ سے نینا نہ چاہتے ہوں۔ اسی وجہ سے طلعت پوسٹ وار ورلڈ کے مضامین کے ڈھیر پر چڑھی بیٹھی رہتی ہے۔ یہ بھی بقول شکنتلا ایک بڑا اہم سائیکلوجیکل نکتہ ہے۔

لہٰذا میرے گل فام سب لیوٹ، ہم سارے کے سارے رات کے کہرے میں چھپی ہوئی اس مال پر رواں ہیں۔ ایک دوسرے کی نظروں سے بچتے ہوئے میں اور تم --- اور ریٹا میری بہن اور پیکر ڈ میری کار --- اور ہمارے پیچھے پیچھے ان کہی پہیلیوں اور جانے بوجھے سوالیہ نشانوں کا عظیم الشان کارواں دبے دبے قدموں سے گرتا پڑتا چلا آرہا ہے۔ ہم میں اتنی ہمت نہیں کہ مڑ کر اسے دیکھ سکیں۔ ہم اس سے چھپنے کے لیے مے فیئر کے نیلگوں دھندلکوں میں پناہ لیتے ہیں۔ بال روم کے ٹیریس پر، کھلے آسمان اور چمکیلے ستاروں

کے نیچے، اپنی بلندی پر سے جھک کر دیکھیے زندگی کا یہ مارچ پاسٹ۔ تازہ ڈانس نمبر کے یہ اداس نغمے۔ ریٹا رنگین برقی قمقموں، جاپانی قندیلوں اور کاغذی ربنوں کے رقصاں و لرزاں سائے تلے آہستہ آہستہ ناچ رہی ہے، نپے تلے تھکے تھکے قدموں سے۔ آج فتحِ برلن کے جشن کی رات ہے۔ ڈانس کے دوسرے نمبر کے لیے اپنے پارٹنر کا انتظار کرتے کرتے ٹیریس کے ریلنگ کے سہارے مجھے مدھم سی نیند آجاتی ہے۔ یہ ٹھنڈی ریلنگ کتنی پرسکون جائے پناہ ہے۔

ہم لوگ!

بے چارے!!

***

۲

قلندر

غازی پور کے گورنمنٹ ہائی اسکول کی فٹ بال ٹیم ایک دوسرے اسکول سے میچ کھیلنے گئی تھی۔ وہاں کھیل سے پہلے لڑکوں میں کسی چھوٹی سی بات پر جھگڑا ہوا اور مارپیٹ شروع ہوگئی۔ اور چونکہ کھیل کے کسی پوائنٹ پر جھگڑا شروع ہوا تھا، تماشائیوں اور اسٹاف نے بھی دل چسپی لی۔ جن لڑکوں نے بیچ بچاؤ کی کوشش کی انہیں بھی چوٹیں آئیں اور ان میں میرے بھائی بھی شامل تھے جو گورنمنٹ ہائی اسکول کی نویں جماعت میں پڑھتے تھے۔ ان کے ماتھے میں چوٹ لگی اور ناک سے خون بہنے لگا۔ اب ہنگامہ سارے میدان میں پھیل گیا۔ بھگدڑ مچ گئی اور جو لڑکے زخمی ہوئے تھے اس ہڑبونگ میں ان کی خبر کسی نے نہ لی۔ اس پس ماندہ ضلع میں ٹیلیفون عنقا تھے۔ سارے شہر میں صرف چھ موٹریں تھیں اور ہاسپیٹل ایمبولنس کا تو سوال ہی پیدا نہیں ہوتا تھا۔

وہ اتوار کا ویران سا دن تھا۔ ہوا میں زرد پتے اڑتے پھر رہے تھے۔ میں لق ودق سنسان پچھلے برآمدے میں فرش پر چپ چاپ بیٹھی گڑیاں کھیل رہی تھی۔ اتنے میں ایک یکہ ٹخ ٹخ کرتا آکے برآمدے کی اونچی سطح سے لگ کر کھڑا ہوگیا اور سترہ اٹھارہ سال کے ایک اجنبی لڑکے نے بھائی کو سہارا دے کر نیچے اتارا۔ بھائی کے ماتھے سے خون بہتا دیکھ کر میں دہشت کے مارے فوراً ایک ستون کے پیچھے چھپ گئی۔ سارے گھر میں ہنگامہ

بپا ہو گیا۔ اماں بدحواس ہو کر باہر نکلیں۔ اجنبی لڑکے نے بڑے رسان سے ان کو مخاطب کیا۔۔۔ "ارے ارے دیکھیے، گھبرائیے نہیں۔ گھبرائیے نہیں۔ میں کہتا ہوں۔" پھر وہ میری طرف مڑا اور کہنے لگا۔۔۔ "منی! ذرا دوڑ کر ایک گلاس پانی تو لے آ بھیا کے لیے"، اس پر کئی ملازم پانی کے جگ اور گلاس لے کر بھائی کے چاروں طرف آن کھڑے ہوئے اور لڑکے نے ان سے سوال کیا۔۔۔ "صاحب کدھر ہیں؟" "صاحب باہر گئے ہوئے ہیں۔۔۔" کسی نے جواب دیا۔۔۔ "نہیں۔۔۔ نہیں۔۔۔ دفتر میں بیٹھے ہیں"، دوسرے نے کہا۔

لڑکا مزید توقف کے بغیر آگے بڑھا اور گیلری میں سے گزرتا ادھر ادھر دیکھتا ابا جان کے دفتر تک جا پہنچا۔ ابا جان دروازے بند کیے کسی اہم مقدمے کا فیصلہ لکھنے میں مصروف تھے۔ لڑکے نے دستک دی اور اندر داخل ہو گیا۔ اور میز کے سامنے جا کر بڑی خود اعتمادی اور متانت سے بولا، "صاحب! آپ کے صاحبزادے ہمارے اسکول میں میچ کھیلنے آئے تھے، ان کو تھوڑی سی چوٹ آئی ہے کیونکہ کھیل کھیل میں دنگا ہو گیا تھا۔ میرا نام اقبال بخت ہے۔ میں منشی خوش بخت رائے سکسینہ کا لڑکا ہوں، جو سٹی کورٹ میں مختار ہیں۔ آپ سے میری درخواست ہے کہ ہمارا اسکول بند کرنے کا حکم نہ دیں اور لڑکوں پر جرمانہ بھی نہ کریں، کیونکہ ایک تو ہمارے امتحان ہونے والے ہیں اور دوسرے ہمارے لڑکے بہت غریب ہیں۔۔۔"

ابا جان نے سر اٹھا کر اسے دیکھا اور اس کی مدلل اور پر اعتماد تقریر سن کر بہت متاثر اور محظوظ ہوئے۔ انہوں نے اسے بڑی شفقت سے اپنے پاس بٹھایا۔

اسی طرح سے اقبال میاں کا ہمارے یہاں آنا جانا شروع ہوا۔ بھائی سے ان کی کافی دوستی ہو گئی۔ مگر وہ زیادہ تر گھر کی خواتین کے پاس بیٹھتے تھے۔ امور خانہ داری پر صلاح

مشورے دیتے تھے۔ بازار کے بھاؤ اور دنیا کے حالات پر روشنی ڈالتے یا لطیفے سناتے۔ جب وہ دوسری مرتبہ ہمارے ہاں آئے تھے، تب میں نے بھائی کو آواز دی تھی۔۔۔ "اقبال میاں آئے ہیں۔" وہ فوراً نہایت وقار سے چلتے ہوئے میرے نزدیک آئے اور ڈپٹ کر بولے، "دیکھو منی! میں تم سے بہت بڑا ہوں۔ مجھے اقبال بھائی کہو۔۔۔ کیا کہو گی؟"

"اقبال بھائی۔۔۔" میں نے ذرا سہم کر جواب دیا۔

اقبال بھائی مجھے ہمیشہ منی ہی پکارتے رہے۔ مجھے ان کے دیے ہوئے اس نام سے سخت چڑھ تھی۔ مگر ہمت نہ پڑتی تھی کہ ان سے کہوں کہ میرا اصل نام لیا کریں۔ اب وہ سارے گھر کے لیے 'اقبال میاں' 'اقبال بھائی' اور 'اکبال بھیا' بن چکے تھے۔

پہلو کے لان پر املتاس کا بڑا درخت ہمارے لیے بڑی اہمیت رکھتا تھا کہ اس کے سائے میں کھاٹ بچھا کر فرصت کے اوقات میں محفل جمتی تھی۔ اس کی صدارت ڈرائیور صاحب کرتے تھے۔ نائب صدر اقبال بھائی خود بخود بن گئے۔ اس محفل کے دوسرے اراکین 'استاد یوسف خاں' جمنا پانڈے مہاراج چپراسی 'عبدل بیرا اور بھائی تھے۔ میں بن بلائے مہمان کی حیثیت سے ادھر ادھر لگی رہتی تھی۔

استاد یوسف خاں کے کمرے کا تعلق اندر کے کمروں سے نہیں تھا اور اس کا دروازہ اسی لان پر کھلتا تھا۔ استاد پرانے اسکول کے نہایت نستعلیق اور ثقہ موسیقار تھے۔ رام پور دربار سے ان کا تعلق رہ چکا تھا۔ شاعری بھی کرتے تھے اور دن بھر نول کشور پریس کے چھپے ہوئے کرم خوردہ ناول پڑھا کرتے تھے۔ بوڑھے آدمی تھے۔ آنکھوں میں سرمہ لگاتے تھے اور نوکیلی مونچھیں رکھتے تھے۔ دونوں وقت کا کھانا اور ناشتہ اور چائے بڑے اہتمام سے کشتی میں سجا کر ان کے کمرے میں پہنچا دی جاتی تھی۔ سہ پہر کو وہ اندر آکر بڑے تکلف سے اماں کو گر بھیروی اور گت بھیم پلاسی سکھلاتے تھے اور اماں بیٹھی ستار پر

ٹن ٹن کیا کرتی تھیں۔ اقبال بھائی استاد کے یار غار بن گئے تھے اور آرائش محفل، طلسم ہوشربا، اسرار لندن اور شرر کے ناولوں کا لین دین دونوں کے درمیان چلتا رہتا تھا۔ اقبال بھائی اس سال انٹرنس کا امتحان دینے والے تھے۔

ایک روز مجھے ایک درخت کی شاخ سے لٹکتا دیکھ کر انہوں نے اماں سے کہا، "منی پڑھتی لکھتی بالکل نہیں۔ ہر وقت ڈنڈے بجایا کرتی ہے۔"

"یہاں کوئی اسکول تو ہے نہیں، پڑھے کہاں؟" اماں نے جواب دیا۔

پچھلے دنوں میرے ایک پھوپھی زاد بھائی نے مجھے حساب سکھانے کی ہر ممکن کوشش کر دیکھی تھی اور ناکام ہو چکے تھے۔ اب اقبال بھائی۔۔۔ فوراً والنٹیر بن گئے۔ "امتحان کے بعد میں اسے پڑھا دیا کروں گا۔"

اگلے اتوار کو اقبال بھائی نے میرا انٹرویو لیا، "انگریزی تو اسے تھوڑی سی آگئی ہے، اردو فارسی میں بالکل کوری ہے"، انہوں نے اماں کو رپورٹ دی اور اس کے بعد انہوں نے روزانہ نازل ہونا شروع کر دیا۔ ان کی تنخواہ دس روپے ماہوار مقرر کی گئی۔ روز شام کے چار بجے ان کا یکہ دور پھاٹک میں داخل ہوتے دیکھ کر میری جان نکل جاتی۔ گرمیاں شروع ہو چکی تھیں۔ اقبال بھائی نے حکم دیا، "ہم باغ میں بیٹھ کر تجھے پڑھائیں گے، تیرا دماغ جس میں بھوسہ بھرا ہوا ہے، ٹھنڈی ہوا سے ذرا تازہ ہو گا۔" لہٰذا پچھلے باغ میں فالسے کے درخت کے نیچے میری چھوٹی سی بید کی کرسی اور اقبال بھائی کی کرسی میز رکھی جاتی۔ جس روز میں نیکی کی جون میں ہوتی تو مالی سے باغ کی بڑی جھاڑو مانگ لاتی اور فالسے کے نیچے اقبال بھائی کی کرسی کی جگہ پر خوب جھاڑو دیتی اور یوں بھی پڑھائی کے مقابلے میں مجھے باغ میں جھاڑو دینا کہیں زیادہ اچھا لگتا تھا۔

اقبال بھائی جمع تفریق پر سر کھپانے کے بعد حکم دیتے، " تختی لاؤ۔" تختی پر وہ بے

حد خوش خطی سے لکھتے،

قلم گوید کہ من شاہ جہانم
قلم کش رابدولت می رسانم

اپنے ٹیڑھے میڑھے حروف میں میں اس شعر کو کئی مرتبہ لکھتی، یہاں تک کہ میری انگلیاں دکھنے لگتیں اور میں دعا مانگتی، "اللہ کرے اقبال بھائی مر جائیں۔۔۔ اللہ کرے۔۔۔"

ایک مرتبہ میں سبق سنانے کے بجائے کرسی پر کھڑی ہو کر ایک ٹانگ سے ناچ رہی تھی کہ اقبال بھائی کو دفعتاً بے تحاشا غصہ آ گیا۔ انہوں نے میرے کان اس زور سے اینٹھے کہ میرا چہرہ سرخ ہو گیا اور میں چلا چلا کر رونے لگی۔ مگر اس کے بعد سے میں نے شرارت کم کر دی۔ اقبال بھائی ابھی مجھے پانچ چھ مہینے ہی پڑھا پائے ہوں گے کہ ابا جان کا تبادلہ غازی پور سے اٹاوے کا ہو گیا۔

اگلے دو تین سال تک اقبال بھائی کے اماں کے پاس کبھی کبھار خط آتے رہے، "اب ہم نے ایف۔ اے کرنے کا ارادہ بھی چھوڑ دیا ہے۔ انٹرنس میں تھرڈ ڈویژن ملا۔ اس وجہ سے ہمارا دل ٹوٹ گیا ہے۔ بس اب ہم بھی منصرم پیش کار قانون گو یا قرق امین کی حثییت سے زندگی گزار دیں گے، یا حد سے حد والد صاحب قبلہ کی مانند مختار بن جائیں گے۔ اس لیے کبھی سوچتے ہیں قانون کا امتحان دے ڈالیں۔ اور اس کوردہ میں رہ کر کر بھی کیا سکتے ہیں؟"

پھر ان کے خط آنے بند ہو گئے۔

میں آئی۔ ٹی کالج لکھنو کے فرسٹ ایر میں پڑھ رہی تھی۔ اس دن ہمارے یہاں کچھ مہمان چائے پر آئے ہوئے تھے۔ سب لوگ نشست کے کمرے میں بیٹھے تھے کہ

برآمدے میں آکر کسی نے آواز دی، "ارے بھائی کوئی ہے؟" "کون ہے؟" اماں نے کمرے میں سے پوچھا۔ "ہم آئے ہیں۔۔۔ اقبال بخت۔۔۔"

اماں نے بے انتہا خوش ہو کر انہیں اندر بلایا۔ کمرے میں بہت جگمگاتے قسم کے لوگوں کا مجمع تھا۔ اقبال بھائی چاروں طرف نظر ڈال کر ذرا جھجکے۔ مگر دوسرے لمحے بڑے وقار کے ساتھ اماں کے قریب جا کر بیٹھ گئے۔ پھر ان کی نظر مجھ پر پڑی اور انہوں نے بے حد مسرت سے چلا کر کہا، "اری منی۔۔۔ تو اتنی بڑی ہو گئی؟"

میں نئی نئی کالج میں داخل ہوئی تھی اور اپنے کالج اسٹوڈنٹ ہونے کا سخت احساس تھا۔ اقبال بھائی نے جب سب لوگوں کے سامنے اس طرح 'اری منی' کہہ کر مخاطب کیا تو بے حد کوفت ہوئی۔

اقبال بھائی میلا سا پائیجامہ اور گھسی ہوئی شیروانی پہنے تھے اور ظاہر تھا کہ ان کی مالی حالت بہت سقیم تھی۔ مگر انہوں نے مختصراً اتنا ہی بتایا کہ کان پور میں ملازم ہو گئے ہیں اور پرائیوٹ طور پر ایف۔ اے۔ سی۔ ٹی کر چکے ہیں۔ پھر وہ ابا جان کے کمرے میں گئے اور ان کے پاس بہت دیر تک بیٹھے رہے۔ اس کے بعد اقبال بھائی پھر غائب ہو گئے۔

دس سال بعد۔۔۔ مجھے لندن پہنچے چھ سات روز ہی ہوئے تھے، میں بی بی سی کے اردو سیکشن میں بیٹھی ہوئی تھی کہ کسی نے آواز دی، "ارے بھائی سکسینہ صاحب آ گئے کہ نہیں؟"

"آ گئے" یہ کہتے ہوئے اقبال بخت سکسینہ پردہ اٹھا کر کمرے میں داخل ہوئے۔ گھسی ہوئی برساتی اوڑھے۔ اخباروں کا پلندا اور ایک موٹا سا پورٹ فولیو سنبھالے میرے سامنے سے گزرتے، ایک میز کی طرف چلے گئے۔ پھر انہوں نے پلٹ کر مجھے دیکھا۔ پہلے تو انہوں نے مجھے نہیں پہچانا۔ ٹکٹکی باندھے چند لمحوں تک دیکھتے رہے، "اری منی!" ان کے

منہ سے نکلا۔ پھر آواز بھرا گئی۔

وہ میرے پاس آکر بیٹھے اور ابا جان کی خیریت پوچھی۔۔۔ "ابا جان کا تو کئی سال ہوئے انتقال ہو گیا، اقبال بھائی!" میں نے کہا۔ یہ سن کو وہ پھوٹ پھوٹ کر رونے لگے۔ اردو سیکشن کے اراکین نے ان کو روتا دیکھ کر خاموشی سے اپنے اپنے کاغذات پر سر جھکا لیا۔

انہوں نے مجھے بتایا کہ کان پور کی ملازمت اسی سال چھوٹ گئی تھی۔ پھر وہ سارے ملک میں جوتیاں چٹخاتے پھرے۔ اسی دوران میں ان کے والدین کا انتقال ہو گیا۔ وہ اکلوتے بیٹے تھے۔ چھوٹی بہن کی کسی گاؤں میں شادی ہو چکی تھی۔ آزادی کے بعد جب قسمت آزمائی کے لیے انگلستان، کنیڈا اور امریکہ جانے کی ہوا چلی تو وہ بھی ایک دن غازی پور گئے۔ اپنا آبائی مکان فروخت کیا اور اس کے روپے سے جہاز کا ٹکٹ خرید کر لندن آپہنچے۔ پچھلے چار سال سے وہ لندن میں تھے اور یہاں بھی مختلف قسم کے پاپڑ بیل چکے تھے۔ کسی کو ان کے متعلق ٹھیک سے معلوم نہ تھا کہ وہ کیا کرتے ہیں۔ مجھ سے بھی انہوں نے ایک مرتبہ گول گول الفاظ میں صرف اتنا ہی کہا، "ریجنٹ اسٹریٹ پولی ٹیکنیک میں اکنومکس پڑھ رہا ہوں۔" جس ادارے کا انہوں نے نام لیا، میں اس کی اصلیت سے بخوبی واقف ہو چکی تھی۔ جب لوگ اسی مبہم سے لہجے میں یہ کہتے کہ وہ ریجنٹ اسٹرٹ پولی ٹیکنیک میں جرنلزم پڑھ رہے ہیں یا اکنومکس پڑھ رہے ہیں یا فن سنگ تراشی یا فوٹو گرافی سیکھ رہے ہیں، تو مزید کسی شک وشبہ کی گنجائش نہ ہو سکتی تھی۔

لیکن بہت جلد مجھے یہ معلوم ہو گیا کہ اقبال بھائی لندن کے ہندوستانی اور پاکستانی طالب علموں کی کمیونٹی کے اہم ستون کی حیثیت رکھتے ہیں۔ کوئی ہنگامہ، جلسہ، جلوس، جھگڑا، فساد، الیکشن، تیج تہوار ان کے بغیر مکمل نہ ہو سکتا تھا۔ تصویروں کی نمائش ہے تو ہال

وہ سجا رہے ہیں۔ ناچ گانے کا پروگرام ہے تو مائیکروفون لگا رہے ہیں۔ ڈراما ہے تو یہ ریہرسل کے لیے لوگوں کو پکڑتے پھر رہے ہیں۔ دعوت ہے تو ڈائننگ ہال میں مستعد کھڑے ہیں۔ کبھی کبھی وہ منظر پر سے غائب ہو جاتے اور اطلاع ملتی کہ اتوار کے روز پیٹی کوٹ لین کی منڈی میں لوگوں کو قسمت کا حال بتاتے ہوئے پائے گئے یا گلاسگو کے کسی بازار میں ہندوستانی جڑی بوٹیاں فروخت کرتے نظر آئے۔

ایک دفعہ معلوم ہوا کہ شہر کے ایک فیشن ایبل محلے کے ایک عالی شان فلیٹ میں فروکش ہیں۔ کبھی وہ بڑھیا ریسٹورانوں میں نظر آتے۔ کبھی مزدوروں کے چائے خانوں میں دکھائی پڑتے۔ اقبال بھائی شاعری بھی کرتے تھے۔ آسٹریلیا اور ایم سی سی کے تاریخی میچ کے دنوں میں انہوں نے ایک مرثیہ لکھا،

ہر تازہ وکٹ پر ہمہ تن کانپ رہا ہے
بولر ہے بڑا سخت ہٹن کانپ رہا ہے
کس شیر کی آمد ہے کہ رن کانپ رہا ہے

اقبال بھائی کو فن موسیقی، علم جیوتش، پامسٹری، ہومیو پیتھی، طب یونانی اور آیور ویدک سے لے کر پولٹری فارمنگ، کاشت کاری اور باغبانی تک ہر چیز میں دخل تھا اور حلقہ اربابِ ذوق کی محفلوں میں بلاناغہ شرکت کرتے تھے۔

ہم دو تین لوگوں نے مل کر ایک فلم سوسائٹی بنائی، جس میں ہم بمبئی سے فلمیں منگوا کر ہندستانی اور پاکستانی پبلک کو دکھاتے تھے۔ اس دن اقبال بھائی برات کے دولہا بنے ہوئے ٹکٹ بیچ رہے ہیں۔ مہمانوں کو لا لا کر بیٹھال رہے ہیں۔ فلم شروع ہونے سے پہلے اسٹیج پر جا کر مس مہتاب یا مس نسیم یا مس ممّی کو گلدستہ پیش کر رہے ہیں۔ اس زمانے میں انہوں نے یہ بھی طے کر لیا کہ بمبئی جا کر ایک عہد آفریں فلم بنائیں گے، جس

کی کہانی مکالمے اور گیت خود لکھیں گے۔ ڈائرکٹ بھی خود کریں گے اور ہیرو کے بڑے بھائی یا ہیروئین کے باپ کا رول بھی خود ادا کریں گے اور مجموعی طور پر ساری فلم انڈسٹری پر رولر پھیر دیں گے۔

اقبال بھائی شراب کو ہاتھ نہیں لگاتے تھے اور منگل کے منگل گوشت نہیں کھاتے تھے۔ ایک روز وہ مجھے ایک سڑک پر نظر آئے اس حالت میں کہ ہاتھ میں بہت قیمتی پھولوں کا ایک گچّھا ہے اور لپکے ہوئے چلے جاتے ہیں۔ مجھے دیکھ کر بولے، "آؤ۔۔۔ آؤ۔۔۔ میں ذرا ایک دوست کو دیکھنے ہسپتال جارہا ہوں۔۔۔" میں ساتھ ہولی۔ ہسپتال میں ایک اسلامی ملک کے سفیر کی بیگم صاحب فراش تھیں۔ اقبال بھائی نے ان کے کمرے میں داخل ہو کر گلدستہ میز پر رکھا اور نہایت خلوص سے مریض کی مزاج پرسی میں مصروف ہو گئے۔ اتنے میں سفیر کی بیٹی اندر آئی اور بے حد تپاک سے ان سے ملی۔ میں نے حیرت سے یہ سب دیکھا۔ باہر آکر کہنے لگے، "بھئی یہ لوگ ہمارے دوست ہیں۔ بہت اچھے لوگ ہیں بے چارے۔"

"صاحبزادی سے آپ کی ملاقات کس طرح ہوئی؟"

"لمبا قصّہ ہے، پھر کبھی بتائیں گے۔"

وہ لڑکی بے حد بد دماغ تھی۔ یونی ورسٹی میں پڑھتی تھی اور حد سے زیادہ اینٹی انڈین مشہور تھی۔ اس وقت بھی اس نے ہسپتال کے کمرے میں کوئی ناگوار سا سیاسی تذکرہ چھیڑ دیا تھا۔

"بھئی اگر ہندوستان کو گالیاں دے کر اس کا دل ٹھنڈا ہوتا ہے"، اقبال بھائی نے زینہ اترتے ہوئے مجھ سے کہا۔ "تو اس میں میرا کیا ہرج ہے؟ اس کو اسی طرح شانتی ملتی ہے۔۔۔"

اس کے کچھ عرصے بعد ہی ایک شام وہ انڈر گراؤنڈ میں مل گئے۔ ساتھ ہی وہ لڑکی اور اس کی ایک کزن بھی تھی۔ لڑکی نے مجھ سے کہا، "ہم لوگ ایک مجلس میں جارہے ہیں۔ آپ بھی چلیے۔"

"میں تو نہ جاسکوں گی۔ میں نے تھیٹر کے ٹکٹ خرید لیے ہیں۔۔۔" میں نے معذرت چاہی۔ اقبال بھائی نے بڑے صدمے سے مجھے دیکھا، "محرم کی ساتویں تاریخ کو تھیٹر جارہی ہو؟" میں بے حد شرمندہ ہوئی۔ "مجھے یاد نہ رہا تھا"، میں نے جواب دیا۔ "آپ شیعہ ہیں یا سنّی؟" دوسری لڑکی نے سوال کیا۔ "میں قادیانی ہوں"، میں نے جواب دیا۔

"قادیانی؟" وہ خاموش ہوگئی۔ چند منٹ بعد سفیر کی لڑکی نے اظہار خیال کیا، "اقبال صاحب تو بڑے مومن آدمی ہیں۔ آج کل کے شیعوں میں اپنے مذہب کا اتنا درد کہاں ہے؟" اتنے میں اسٹیشن آگیا اور وہ تینوں ٹرین سے اتر گئے۔

اگلے روز بی بی سی میں اقبال بھائی سے ملاقات ہوئی تو میں نے کہا، "اقبال بھائی! اب آپ یہ فراڈ بھی کرنے لگے۔ ان لڑکیوں کے سامنے آپ نے خود کو مسلمان ظاہر کیا ہے؟ نہ صرف مسلمان بلکہ شیعہ۔۔۔"

جواب ملا۔۔۔ "دیکھ منّی۔۔۔ دنیا میں اس قدر تفرقہ ہے کہ سب لوگ ایک دوسرے کی جان کو آئے ہوئے ہیں۔ میری جب اس لڑکی سے ملاقات ہوئی تو وہ میرے نام کی وجہ سے۔ مجھے مسلمان سمجھی اور میرے سامنے ہندوؤں کی اور ہندوستان کی خوب خوب برائیاں کیں۔ اس کے بعد اگر میں اسے بتادیتا کہ میں ہندو ہوں تو اسے کس قدر خجالت ہوتی، اور پھر اس میں میرا کیا ہرج ہے۔ میرے خاندان میں سیکڑوں برس سے فارسی نام رکھے جاتے ہیں۔ اس سے ہندو دھرم پر کوئی آنچ نہیں آئی۔ اب اگر میں نے

خود کو مسلمان ظاہر کر دیا تو دنیا پر کون سی قیامت آجائے گی؟ بتاؤ؟ ارے واہ ری مُنّی! اتنی بڑی افلاطون بنتی ہو، مگر عقل میں وہی بھوسہ بھرا ہے۔"

ایک شام میں اپنی ایک دوست زاہدہ کے ہاں گئی۔ وہ بے حد تندہی سے پیکنگ میں جٹی ہوئی تھی اور اپنے سارے خاندان سمیت اگلے روز صبح سویرے رخصت پر کراچی واپس جارہی تھی۔ زاہدہ کے گھر پر مجھے یاد آیا کہ اقبال بھائی نے آسٹریلین طلبہ کی ایک تقریب میں مدعو کیا ہے، "ضرور آنا، آسٹریلین بے چارے یہ محسوس کرتے ہیں کہ انہیں بہت ہی غیر دل چسپ اور بے رنگ قوم سمجھا جاتا ہے۔ ان کا دل نہیں توڑنا چاہیے۔"

چند روز قبل میں ایک نیا ہینڈ بیگ خرید کر زاہدہ کے ہاں چھوڑ گئی تھی۔ چلتے وقت خیال آیا کہ اسے لیتی چلوں، بیگ زاہدہ کی سنگھار میز پر رکھا تھا۔ وہ دوسرے کمرے میں اسباب باندھ رہی تھی۔ میں نے جاتے ہوئے اسے آواز دی کہ میں بیگ لیے جارہی ہوں۔ "اچھا" اس نے جواب دیا۔ میں نیچے آگئی۔

آسٹریلین طلبہ کے ہاں اقبال بھائی ہال کے وسط میں کھڑے آسٹریلیا اور ہندوستان کے دوستانہ تعلقات پر دھواں دھار تقریر کر رہے تھے۔ میں برابر کے کمرے میں گئی، جہاں بہت سے لڑکوں، لڑکیوں کا مجمع تھا۔ اور چار پانچ ویٹر چائے بنا بنا کر سب کو دے رہے تھے۔ میں نے نیا ہینڈ بیگ وہیں ایک کھڑکی میں رکھ دیا اور چائے پینے کے بعد ہال میں لوٹ آئی۔ چلتے وقت مجھے ہینڈ بیگ کا خیال آیا۔ میں اسے اندر سے اٹھا لائی اور اقبال بھائی کے ہاتھ میں دے دیا۔ شاید اس کا کھٹکا کھل گیا تھا۔ زینے سے اترتے ہوئے انہوں نے کھٹکا بند کیا اور بولے، "اتنے ڈھیر سارے نوٹ؟"

میں نے بے دھیانی میں ان کی بات پوری طرح نہیں سنی اور ادھر ادھر کی باتوں

میں لگی رہی۔ اسٹیشن پر اقبال بھائی نے بیگ مجھے تھما دیا۔ گھر پہنچ کر میں نے دیکھا کہ زاہدہ کی کار باہر کھڑی ہے اور دونوں میاں بیوی انتہائی سراسیمگی کی حالت میں لینڈ لیڈی مسز ونگ فیلڈ سے کچھ پوچھ رہے ہیں۔ زاہدہ مجھے دیکھ کر ہکلانے لگی۔۔۔ "وہ۔۔۔ وہ بیگ۔۔۔ وہ بیگ۔۔۔"

"ہاں! ہاں میرے پاس ہے تو۔۔۔ کیوں؟"

"اس میں میں نے پورے پانچ سو پاؤنڈ کے نوٹ ٹھونس دیئے تھے۔ تمہارے جانے کے یعد یاد آیا اور تمہاری بھلکڑ عادت کا خیال کر کے جان نکل گئی کہ اگر تم نے بٹوہ راستے میں کہیں اِدھر اُدھر چھوڑ دیا تو کیا ہو گا۔۔۔؟ یا اللہ تیرا شکر۔۔۔ اللہ تیرا شکر۔۔۔ یا اللہ۔۔۔"

دوسرے روز بی بی سی میں میں نے اقبال بھائی کو یہ سنسنی خیز واقعہ سنایا۔ اطمینان سے بولے، "وہ تو میں نے بیگ میں پہلے ہی دیکھ لیا تھا کہ نوٹ ٹھنسے ہوئے ہیں۔"

"آپ نے مجھے اسی وقت کیوں نہ بتایا؟"

"میں نے کہا تو تھا تم نے سُنا ہی نہیں۔"

"آپ کو یہ خیال بھی نہ آیا کہ میرے پاس اتنا روپیہ کہاں سے آگیا، جسے میں اطمینان سے اَدھ کھلے بیگ میں لیے گھوم رہی ہوں۔"

"میں نے سوچا، کہیں سے آہی گیا ہو گا۔ پوچھنے کی کیا ضرورت تھی؟"

"اور دو گھنٹے وہ بیگ اسی طرح کھڑکی میں رکھا رہا۔ اگر اس وقت چوری ہو جاتا تو میں زاہدہ کو کیا منہ دکھاتی؟ یا اللہ۔۔۔! یا اللہ۔۔۔!"

"دیکھ مُنّی! ہونی کو کوئی اَنہونی نہیں کر سکتا۔ تیری گوئیاں کی قسمت میں تھا کہ اس کا روپیہ اسے صحیح سلامت واپس مل جائے۔ اب تُو کیوں فکر کر رہی ہے؟ یہ بتا تو نے اچّھما

کے لیے بات کی؟"

اچّھما کو سوکٹی ایک پریشان حال، دل گرفتہ سی لڑکی تھی جو بہت دنوں سے ملازمت اور ایک سستے سے کمرے کی تلاش میں تھی۔ حال ہی میں مسز ونگ فیلڈ کے تہ خانے میں ایک کمرہ خالی ہوا تھا، جس کا کرایہ صرف ڈھائی پونڈ فی ہفتہ تھا۔ مسز ونگ فیلڈ کا اصرار تھا کہ وہ اپنے مکان میں ہر چلتے پھرتے، ایرے غیرے کو کرایے دار نہیں رکھتیں اور صرف بہترین خاندانوں اور اعلا طبقے کے افراد کو اپنے یہاں رہنے کا شرف بخشتی ہیں۔ ان کے مرحوم شوہر کولونیل سروس میں تھے، اور مسز ونگ فیلڈ برسوں کولمبو میں بڑی میم صاحب کی حیثیت سے زندگی گزار چکی تھیں۔ ان کے سُسر نائٹ تھے وغیرہ وغیرہ، لیکن میاں کے مرنے اور سلطنت برطانیہ کے زوال کے بعد وطن واپس آکر انہیں لینڈ لیڈی بننا پڑا تھا۔ اکثر زینے پر چڑھتے یا اترتے ہوئے وہ میرا راستہ روک کر اپنی عظمتِ رفتہ کے قصے سنانے لگتیں۔

ایک دن انہوں نے بڑے رازدارانہ لہجے میں بے حد اداسی سے مجھ سے کہا تھا، "ایک بات سنو! اتنے اچھے اچھے جنٹلمین تمہارے دوست ہیں ان میں سے کسی ایک سے میری شادی کرادو۔"

رات کو جب میں نے تہ خانے کے کمرے کے متعلق ان سے کہا تو نہ جانے وہ کس اچھی موڈ میں تھیں کہ انہوں نے اچّھما کو سوکٹی کے متعلق یہ تک نہیں پوچھا کہ وہ کیا کرتی ہے اور ہر ہفتے کرایہ ادا کرسکے گی یا نہیں۔ چنانچہ دو تین روز میں اچھما کو سوکٹی وہاں منتقل ہو گئی۔

میرا فلیٹ چوتھی منزل پر تھا۔ دوسری منزل پر اور لوگوں کے علاوہ ایک ٹیلی ویژن ایکٹرس ایڈوینا کارلائل رہتی تھی، جس کے متعلق مسز ونگ فیلڈ مجھ سے کہہ چکی

تھیں کہ میں تو اسے کبھی اپنے یہاں جگہ نہ دیتی مائی ڈیئر، مگر وہ بڑی خاندانی لڑکی ہے، بس ذرا اس کی زندگی پٹری سے اتر گئی ہے۔ میری اس سے شناسائی صرف اس حد تک تھی کہ زینے پر مڈبھیڑ ہو جاتی تو وہ مسکرا کر ہلو کہہ دیا کرتی تھی۔ مسز ونگ فیلڈ نے اطلاع دی تھی کہ اکثر وہ دن دن بھر کمرے میں اکیلی بیٹھی شراب پیا کرتی ہے۔ وہ اپنے شوہر پر بری طرح عاشق تھی۔ مگر اس نے اس بے چاری کو طلاق دے دی تھی۔ جب ہی سے اس کا یہ حال ہو گیا تھا۔

ایک رات دو بجے کے قریب مدھم سے شور سے میری آنکھ کھل گئی۔ اتنے میں دروازے پر دستک ہوئی۔ میں نے دروازہ کھولا تو سامنے پولس کانسٹیبل کھڑا تھا اور اس کے پیچھے مسز ونگ فیلڈ مارے بدحواسی کے آئیں بائیں شائیں کر رہی تھیں۔۔۔ "غضب ہو گیا۔۔۔ غضب ہو گیا" انہوں نے کہا۔ ایڈوینا نے تمہارے غسل خانے کی کھڑکی سے کود کر خودکشی کر لی۔۔۔!"

"میرے غسل خانے کی کھڑکی سے؟"

"ہاں، سب سے اونچی کھڑکی، بے چاری ایڈوینا کو یہی دستیاب ہوئی۔"

کانسٹیبل غسل خانے کے اندر گیا۔ کھڑکی کے دونوں پٹ کھلے ہوئے تھے۔ کھڑکی کے نیچے ٹب میں ایڈوینا کا ایک سلیپر پڑا تھا۔ غسل خانے کا دروازہ لینڈنگ پر کھلتا تھا اور مس ایڈوینا کارلائل بڑے اطمینان سے اس میں داخل ہو کر نیچے کود گئی تھیں۔ میرے ذہن میں صبح کے تہلکہ پسند اخباروں کی سرخیاں کوند گئیں۔۔۔ اب رپورٹر میرا انٹرویو کریں گے۔ اس کھڑکی اور ٹب کی تصویریں کھینچیں گی۔ اللہ جانے کیا کیا ہو گا۔۔۔ نیچے سے آوازوں کی بھنبھناہٹ بلند ہوئی۔۔۔ "زندہ ہے۔۔۔ زندہ ہے۔۔۔!" میں نے جھانک کر نیچے دیکھا۔ ایڈوینا کو ایمبولینس میں لٹایا جا چکا تھا۔

"زندہ ہے۔۔۔؟" مسز ونگ فیلڈ نے ذرا مایوسی سے پوچھا اور کانسٹیبل کے ساتھ تیزی سے نیچے اتر گئیں۔

صبح کو یہ واقعہ میں نے بی بی سی کینٹین میں جملہ خواتین و حضرات کو سنایا۔ اتنے میں اقبال بھائی آ گئے۔ پورا قصہ سن کر بولے، "کس ہسپتال میں ہے؟" میں نے بتایا۔ اس کے بعد دوسری باتیں شروع ہو گئیں۔

اس بات کو چند ہفتے ہی گزرے تھے کہ رات کے بارہ ساڑھے بارہ بجے شور سے پھر میری آنکھ کھل گئی۔ کھڑکی میں سے میں نے جھانک کر دیکھا کہ گراؤنڈ فلور کی سیڑھیوں پر اقبال بھائی دم بخود کھڑے ہیں اور مسز ونگ فیلڈ ان پر بری طرح برس رہی ہیں۔ میں گھبرا کر نیچے اتری۔ مسز ونگ فیلڈ تقریباً ہسٹریائی انداز میں چیخ رہی تھیں۔

"مسز ونگ فیلڈ! کیا بات ہے؟" میں نے ذرا درشتی سے پوچھا۔ وہ کمر پر ہاتھ رکھ کر میری طرف مڑیں۔۔۔ "تم خود فیصلہ کر لو۔۔۔ جو غنڈا ہو گا اسے غنڈا ہی کہا جائے گا۔" جب انہوں نے اقبال بھائی کو غنڈا کہا تو مجھے ایسا لگا جیسے کسی نے میرے منہ پر تھپڑ لگا دیا ہو۔ اقبال بھائی سر جھکائے کھڑے تھے۔

مسز ونگ فیلڈ گرجتی رہیں۔۔۔ "تم کو اچھی طرح معلوم ہے کہ میرے یہاں جنٹل مین لڑکیوں کے کمرے میں رات کو نہیں ٹھہر سکتے۔۔۔ یہ میرا قانون ہے۔۔۔ ابھی میرے یہاں ایک خودکشی کی واردات ہو چکی ہے۔ مجھے اپنے مکان کی نیک نامی کا خیال بھی کرنا ہے۔ میں صرف اعلا خاندان۔۔۔"

"مسز ونگ فیلڈ! اصل بات بتائیے کیا ہے؟ آپ مسٹر سکسینہ سے کیا کہہ رہی ہیں؟" میں نے آگ بگولا ہو کر پوچھا۔

"ان سے پوچھ رہی ہوں کہ یہ رات کے ساڑھے بارہ بجے مس کوسوکٹی کے کمرے

میں کیا کر رہے تھے؟"

اقبال بھائی جیسے مہذب اور وضع دار آدمی کو میری موجودگی میں ایسی لیچڑ باتیں سننا پڑ رہی تھیں۔ ان کا چہرہ غم و غصے سے سرخ ہو گیا تھا مگر وہ خاموش رہے۔ مسز ونگ فیلڈ غصے سے بے قابو ہو کر چند منٹ تک اسی طرح چلاتی رہیں۔ گیلری کے دروازے کھلے اور بند ہوئے اوپر کی منزلوں کے دریچوں میں سے سر باہر نکال کر لوگوں نے جھانکا۔ اقبال بھائی چپ کھڑے رہے۔ پھر وہ دفعتاً خاموش ہو گئیں اور اپنے کمرے میں جا کر دروازہ زور سے بند کر لیا۔

نیچے تہ خانے میں اچھّما کو سوکٹی تیز بخار میں نیم بے ہوش پڑی تھی۔ اقبال بھائی رات کے گیارہ بجے دوا لے کر اس کے پاس پہنچے تھے اور گھنٹے بھر سے اس کے پاس بیٹھے ہوئے تھے۔ اسی وقت مسز ونگ فیلڈ نے زینے کے دروازے میں جا کر چلّانا شروع کر دیا تھا۔ "مجھے معلوم نہ تھا کہ اچّھما بیمار ہے"، میں نے نادم ہو کر کہا۔ "میں بھی دس بجے کے بعد واپس آئی ہوں۔"

"مجھے خود معلوم نہ تھا" اقبال بھائی نے کہا۔۔۔ "دس بجے اس کا فون آیا کہ اس کی طبیعت بہت سخت خراب ہے۔" پھر انہوں نے آہستہ سے برساتی کی جیب میں ہاتھ ڈالا اور ایک لفافہ نکال کر مجھے دیا۔۔۔ "اسے روپے کی ضرورت ہوگی۔ صبح کو اسے دے دینا" اتنا کہہ کر وہ سر جھکائے ہوئے سیڑھیاں اتر کر پھاٹک سے باہر چلے گئے۔ میں نے لفافہ کھولا۔ اس میں دس پاؤنڈ کے نوٹ تھے۔ یہ دس پاؤنڈ اقبال بھائی نے جانے کون کون سے جتن کر کے کمائے ہوں گے۔ میں انہیں سر جھکائے، گھسی ہوئی برساتی اوڑھے تیز تیز قدم رکھتے سنسان سڑک پر ایک طرف کو جاتا دیکھتی رہی۔

دوسرے دن میں چند ہفتے کے لیے شہر سے باہر جا رہی تھی۔ واپس آ کر میں ایک اور

جگہ منتقل ہوگئی۔ مجھے مسز ونگ فیلڈ سے کوفت ہونے لگی تھی۔ لینڈ لیڈیاں زیادہ تر عامیانہ ہوتی ہیں۔ مگر مسز ونگ فیلڈ جس انتہائی گھٹیا انداز میں اقبال بھائی پر چیخی تھیں، اس منظر کی یاد میرے لیے بہت تکلیف دہ تھی۔

اچھما کو سوکٹی تندرست ہو چکی تھی۔ اسے کہیں نوکری بھی مل گئی تھی، مگر اپنے لیے ساری دوڑ دھوپ کروانے اور اپنے کام نکلوانے کے بعد اس نے اقبال بھائی کی طرف سے یکایک سرد مہری اختیار کرلی۔ لیکن وہ وضع داری سے اس سے شناسائی نبھاتے رہے۔ ایک روز فون کی گھنٹی بجی اور ایک خاتون کی آواز آئی، "ہلو۔۔۔ ہلو۔۔۔ میں مسز آلوو یہارے بول رہی ہوں!"

"مسز آلوو یہارے؟" میں نے دہرایا۔ "ہاں! تم مجھے پہچانتی نہیں۔۔۔؟ میں تمہاری پرانی لینڈ لیڈی ہوں، سابق مسز ونگ فیلڈ۔۔۔ میری شادی ہوگئی ہے۔ آج شام کو میرے ساتھ آکر چائے پیو!"

شام کو مسز آلوو یہارے اپنے کمرہ نشست کے دروازے پر شاداں فرحاں مجھ سے ملیں۔ کمرے کے آتش دان پر ایک تصویر رکھی تھی، جس میں مسز آلوو یہارے اپنے عمر سے کوئی دس سال چھوٹے ایک سنگھالی آدمی کے ساتھ پھولوں کا گچھا ہاتھ میں لیے کھڑی مسکرا رہی تھیں۔ دولہا کے برابر میں اقبال بخت سکسینہ کوٹ کے کالر میں کارنیشن سجائے متبسم تھے۔ "مسٹر سکسینہ میرے شوہر کے بیسٹ مین تھے" مسز آلوو یہارے نے اطلاع دی۔

اقبال بھائی۔۔۔! دوسرے روز میں نے موصوف سے استفسار کیا۔

"دیکھ مُنّی بات یہ ہوئی کہ اس رات جو وہ بی بی پنجے جھاڑ کر اس بری طرح میرے پیچھے پڑ گئیں تو میں فوراً سمجھ گیا کہ وہ حد سے زیادہ فرسٹر یشن اور تنہائی کی شکار ہیں۔ ان کی

مدد کرنا چاہیے۔ تونے بتایا تھا کہ وہ کالے آدمی تک سے شادی کرنے کو تیار ہیں۔ میں کولمبو کے اس آلودیہارے کو جانتا تھا، جو کسی دولت مند بیوہ کی تلاش میں تھا۔ بڑا شریف اور غریب لڑکا ہے۔ میں نے مسزونگ فیلڈ کا پتا اسے بتادیا۔ دونوں کی زندگی بن گئی۔ اس میں کوئی حرج ہوا میرا؟"

اقبال بھائی سمیت طلبہ کا بہت بڑا جتھا سالانہ یوتھ فیسٹیول کے لیے پراگ جارہا تھا۔ اس سال پاکستانی طلبہ کو کمیونسٹ ممالک جانے کی ممانعت کردی گئی تھی اور ان میں سے چند لوگ اس وجہ سے بہت دل گرفتہ تھے۔ وفد کے پراگ روانہ ہونے سے ایک روز قبل ایک تقریب میں مشرقی پاکستان کے ایک طالب علم نے افسوس سے کہا، "ہم لوگ اس سال نہیں جاسکتے۔۔۔ ادھر ورلڈ کا سارا کنٹری ہوگا۔ خالی پاکستان نہیں ہوگا۔۔۔" اقبال بھائی فوراً اس کے پاس گئے اور رسان سے بولے۔۔۔"نورالفرقان بھائی! دل چھوٹا مت کرو۔ پاکستان کی نمایندگی میں کردوں گا۔"

پراگ میں دنیا بھر سے آئے ہوئے نوجوان ایک عظیم الشان کانسرٹ میں اپنے اپنے ملکوں کے عوامی گیت گارہے تھے۔ اتنے میں اسٹیج پر خاموشی چھائی۔ ایک لڑکی نے اناؤنس کیا، "اب ہمارے عزیز ملک پاکستان کے نمائندے اپنے دیس کے مزدوروں کا گیت سنائیں گے۔"

پاکستان کے نام پر بہت دیر تک تالیاں بجتی رہیں اور سفید کھڑکھڑاتی ہوئی شلوار، سیاہ شیروانی اور بھورے رنگ کی قراقلی سے مزین بے حد رعب داب اور وقار سے چلتے ہوئے کامریڈ اقبال بخت مائیکروفون کے سامنے آئے۔ پاکستان میں عوامی اور ترقی پسند تحریک کی ناکامی کے اسباب پر روشنی ڈالی۔ اور کہا، "ساتھیو! اب میں آپ کو اپنے وطن

عزیز کے محنت کش طبقے کا ایک محبوب اور روح پرور گیت سناتا ہوں۔" اور بے حد پاٹ دار آواز میں انہوں نے شروع کیا،

بوجھ اٹھالو ہیّا ہیّا

بوجھ اٹھایا ہیّا ہیّا

محل بنے گا راجا جی کا

پیٹ پلے گا ہمارا تمہارا

اونچا کر لو ہیّا ہیّا

بوجھ اٹھالو، شیر بہادر، ہیّا ہیّا

مجمع پر اس گیت کا بے انتہا اثر ہوا، اور حسب معمول سامعین نے ساتھ ساتھ آواز ملانی شروع کر دی۔ مگر آگے چل کر سید مطلبی فرید آبادی کے اس مشہور گیت کے باقی بول اقبال بھائی کے ذہن سے بالکل اتر گئے۔ در اصل ان کو یاد ہی صرف تین بول تھے۔ لیکن انہوں نے بڑے اطمینان سے گانا جاری رکھا،

پیالی اٹھاؤ کیسے بھائی

ایسے بھائی ہیّا ہیّا

مچہ اٹھاؤ، چمچہ اٹھایا

ہاں ہاں بھائی ہیّا ہیّا

ہزاروں کے مجمع نے ایک ساتھ دہرا دیا،

چمچہ اٹھاؤ، چمچہ اٹھایا

ہاں ہاں بھائی ہیّا ہیّا

اس طرح جو جو الفاظ اقبال بھائی کے دماغ میں آتے گئے وہ ہیّا ہیّا کے ساتھ جوڑتے

گئے اور تالیوں کے طوفان میں ان کا گیت انتہائی کامیابی کے ساتھ ختم ہوا۔

چیکوسلواکیہ سے واپسی کے کچھ دن بعد اقبال بھائی نے اطلاع دی، "میں نے سانپوں کا کاروبار شروع کر دیا ہے۔"

"سانپوں کا کاروبار؟" میں نے دہرایا۔ مگر مجھے مطلق تعجب نہ ہوا۔ کیونکہ اقبال بھائی کچھ بھی کر سکتے تھے۔

"کئی سو بندر بھی ہیں۔۔۔" انہوں نے ذرا انکسار سے اضافہ کیا۔ "دراصل۔۔۔" انہوں نے کھنکار کر کہنا شروع کیا۔۔۔ "بات یہ ہے منّی کہ یہ اپنے خالد صاحب جو ہیں نا، ان کے سسر مسٹر چراغ دین امریکہ کے چڑیا گھروں اور تجربہ گاہوں کو سانپ اور بندر سپلائی کرتے ہیں۔ مجھے انہوں نے اپنی فرم میں نوکر رکھ لیا ہے اور اب میں وہاں کا کام سنبھالنے امریکہ جارہا ہوں۔"

چنانچہ اقبال بھائی سانپوں کا کاروبار کرنے امریکہ چلے گئے۔ ایک روز ڈاک کے ذریعہ مجھے ایڈوینا کارلائل کا مختصر سا خط ملا، جو آئرلینڈ سے آیا تھا۔ ایڈوینا کارلائل نے لکھا تھا،

"ساری دنیا نے مجھے چھوڑ دیا تھا۔ مجھے اپنے وجود سے نفرت ہو چکی تھی۔ میں نے موت کا سہارا ڈھونڈا۔ مگر مرنے میں بھی اپنی زندگی ہی کی طرح ناکام رہی۔ سال بھر تک میں پلاسٹر آف پیرس میں جکڑی ہسپتال میں پڑی رہی اور مسٹر سکسینہ ہر ہفتہ ہر موسم میں، ہر حالت میں گھنٹہ بھر کے لیے میرے پاس آکر بیٹھتے تھے اور سمجھاتے تھے کہ زندہ رہنے کے لیے ہمت نہ ہارنا کس قدر ضروری ہے۔ مجھے معلوم نہیں آج کل وہ کہاں ہیں؟ یہ خط میں آپ کو اس لیے لکھ رہی ہوں کہ ان کو میرا سلام پہنچا دیجیے۔۔۔"

مگر مجھے بھی معلوم نہیں تھا کہ مسٹر سکسینہ آج کل کہاں ہیں، انہوں نے امریکہ پہنچ

کر کسی کو ایک کارڈ تک نہ بھیجا تھا۔

میں وطن واپس آگئی۔ اقبال بھائی کے بارے میں کسی کو معلوم نہ ہوا کہ وہ کون سی وادی اور کون سی منزل میں ہیں۔ لیکن کوئی چار سال ہوئے میری ایک چچازاد بہن تعلیم ختم کر کے سان فرانسسکو سے لوٹی تو اس نے اطلاع دی، "میں نے اقبال بھائی کو اپنی آنکھوں سے دیکھا۔"

"کہاں۔۔۔؟"

"ہالی وڈ میں۔۔۔ خاص الخاص بیورلی ہلز پر۔۔۔"

"بیورلی ہلز پر کیا کرتے ہیں؟"

"رہتے ہیں، ایک بہت عالی شان محل میں، جس میں دو سوئمنگ پل ہیں۔ کیڈلیک کاروں کی ایک فلیٹ ہے وغیرہ وغیرہ۔۔۔ مجھے انہوں نے کھانے پر بھی بلایا اپنے ہاں۔۔۔ نیگرو بٹلر۔۔۔ اور۔۔۔ اور۔۔۔"

راوی نے مزید یہ بتایا کہ سانپوں کے کاروبار کے لیے امریکہ پہنچنے کے تیسرے دن ہی مسٹر چراغ دین اور مسٹر اقبال بخت سکسینہ کے درمیان کچھ اختلاف رائے ہو گیا، جس کے نتیجے کے طور پر مسٹر سکسینہ کو اپنی ملازمت سے مستعفی ہونا پڑا۔ اس کے بعد سنہری مواقع کے اس دیس میں موصوف انواع و اقسام کی ملازمتیں اور مزدوریاں کرتے کیلی فورنیا پہنچے۔ وہاں سکھ اور پنجابی مسلمان زمین داروں کے کھیتوں پر کام کرتے رہے۔ وہاں سے ہالی وڈ تشریف لے گئے اور مشرق کے متعلق بنائی جانے والی تصویروں میں چینی رکشا والے، ہندوستانی فقیر، قلی اور سپیرے اور عرب بدّو کے ایک ایک دو دو منٹ والے رول بخیر خوبی ادا کرتے رہے۔ اور ایک ریسٹوران میں ویٹر بن گئے۔ ایک مشہور پروڈیوسر کی کروڑپتی بیوہ اس جگہ کبھی کبھی کھانا کھانے آیا کرتی تھی، وہ لاولد اور بے حد بوڑھی عورت

تھی جسے آنکھوں سے بھی کم سجھائی دیتا تھااور وہ بیورلی ہلز پر اپنے شان دار محل کے اندر شدید تنہائی میں زندہ تھی۔۔۔

ہالی ووڈ حسن اور جوانی کا پرستار ہے۔ ایک پچھتّر سالہ بوڑھی اور اندھی عورت سے دو منٹ بات کرنے کا بھی وہاں کسی کے پاس وقت نہ تھا۔ جب وہ ریسٹوران میں آکر کونے میں اپنی مخصوص میز پر بیٹھ جاتی تو اقبال بھائی بڑی محبت سے اس کی مزاج پرسی کرتے۔ ان کو یہ بھی معلوم نہ تھا کہ وہ کون ہے؟ بوڑھی ان کی بے حد ممنون ہو گئی اور اس نے ان کو اپنے گھر مدعو کیا۔ پھر وہ اکثر اس کے ہاں جاتے اور اسے اخبار اور رسالے پڑھ کر سناتے۔ اس بوڑھی کی کمپینین اپنی دوسراتھ کے معاوضے میں بھاری تنخواہ لیتی تھیں۔ اقبال بھائی محض جذبۂ انسانیت کی بنا پر اس کے پاس بیٹھے رہتے۔ آخر اس نے اصرار کیا کہ وہ اس کے ہاں منتقل ہو جائیں۔ چنانچہ اقبال بھائی اب بیورلی ہلز کے اس محل میں رہتے ہیں اور بڑھیا شاید قانونی طور پر ان کو اپنا بیٹا بنانے والی ہے۔

"اقبال بخت سکسینہ کی داستان۔۔۔" یہ ساری کتھا سن کر کسی نے کہا، "کامیابی کی کلاسیک داستان ہے۔"

لیکن چھ مہینے کے بعد ایک اور صاحب امریکہ سے واپس آئے۔ انہوں نے اقبال بھائی کو اسی ریسٹوران میں ویٹر کے یونی فارم میں دیکھا۔ تب یہ معلوم ہوا کہ اس کروڑپتی بڑھیا کا انتقال ہو گیا۔ وہ کافی خبطی اور سنکی ضعیفہ تھی اور اپنی ساری دولت اس نے پیرس کے کسی سبزی فروش کے نام چھوڑی ہے۔ اقبال بھائی اپنے کام پر واپس آچکے ہیں۔

آج تیسرے پہر کو میں شاردا مہتا کے گھر کے سامنے سے گزر رہی تھی کہ اس نے مجھے آواز دی۔ وہ اسی وقت کار میں سوار ہو رہی تھی۔۔۔ "کہاں جا رہی ہو؟" اس نے پوچھا۔ میں نے بتایا، "میں بھی اسی طرف جا رہی ہوں۔۔۔"

"آؤ، تم کو راستے میں اتار دوں گی۔۔۔ ست سنگ کا سمے تین بجے کا تھا۔ مجھے دیر ہوگئی۔"

شاردا مہتا ایک سیدھی سادی، نارمل، مذہبی قسم کی ہاؤس وائف ہے اور جب سے اس کی اکلوتی بیٹی پولیو میں مبتلا ہوئی ہے، پوجا پاٹ، مندروں، یاتراؤں، سادھو سنتوں، پیروں فقیروں، درگاہوں اور منتوں مرادوں کا سلسلہ اس کے یہاں بہت زیادہ ہوگیا ہے۔ یوں بھی وہ ان لوگوں میں سے ہے، جن کی خوش عقیدگی، بھروسے، یقین اور رجائیت کی بِنا پر دنیا قائم ہے۔

مضافات میں پہنچ کر ایک جگہ ایک گجراتی سیٹھ کی شاندار ولا میں شاردا کی کار داخل ہوئی۔ ست سنگ ختم ہوچکا تھا اور موٹریں واپس جارہی تھیں۔ "ارے۔ تمہارا ست سنگ تو ختم ہوگیا"، میں نے کہا۔ "کوئی بات نہیں۔ میں گوروجی کے درشن تو کرلوں گی۔ وہ کل سویرے امرناتھ جارہے ہیں۔ مجھے پانچ منٹ لگیں گے۔ تم بھی اتر آؤ"، اس نے جواب دیا۔

سامنے برآمدے میں ایک غیر ملکی خاتون سفید ساڑی میں ملبوس چندن کا بڑا سا ٹیکا پیشانی پر لگائے فرش پر آلتی پالتی مارے بیٹھی چند خواتین کو گیتا کا سبق دے رہی تھیں۔ ان کی عمر چالیس پینتالیس برس کی رہی ہوگی اور لب و لہجے سے امریکن معلوم ہوتی تھیں۔۔۔ شاردا نے نزدیک جاکر ان کو پرنام کیا۔ "یہ ماتا جی ہیں"، اس نے چپکے سے مجھ سے کہا اور مجھے اپنے پیچھے آنے کا اشارہ کرتی ہوئی کمرے میں داخل ہوئی۔

دہلیز پر چپّل اتار کر اور آنچل سے سر ڈھانپ کر میں بھی اندر گئی۔ کمرے میں سفید چاندنی بچھی تھی جس پر جابجا گیندے کے پھول اور گلاب کی پنکھڑیاں بکھری ہوئی تھیں۔ عقیدت مند ابھی ابھی اٹھ کر گئے تھے، اس لیے چاندنی پر سلوٹیں پڑیں تھیں۔ ایک

طرف ہارمونیم، کھڑتالیں اور تان پورے رکھے تھے۔ چوکی پر سفید براق کپڑے پہنے کھچڑی بالوں کی لٹیں کندھے پر چھٹکائے گوروجی پدم آسن میں بیٹھے تھے۔ گیتا کا درس انہوں نے ابھی ختم کیا تھا۔ کتاب چوکی پر رکھی تھی اور وہ خاموشی سے دریچے کے باہر دیکھ رہے تھے۔ مجھے یہ دیکھ کر قطعاً تعجب نہ ہوا کہ وہ اقبال بخت سکسینہ تھے۔

انہوں نے شاید ایک بار پھر مجھے نہیں پہچانا۔ اگر پہچانا تو ظاہر نہیں کیا۔ چند لمحوں تک ٹکٹی باندھے وہ مجھے دیکھتے رہے۔ پھر اسی طرح انہوں نے خلا پر نظریں جمادیں۔ شاردا نے جھک کر انتہائی عقیدت سے ان کے پاؤں چھوئے اور پیچھے ہٹی اور اس نے آنکھوں سے مجھے اشارہ کیا کہ میں اس کے ساتھ باہر چلوں، کیونکہ وہ درشن کر چکی تھی۔ لیکن شاردا کو یہ دیکھ کر تعجب ہوا کہ میں آہستہ سے آگے بڑھی اور میں نے جھک کر گوروجی کے پاؤں چھوئے۔

بچپن میں اقبال بھائی نے میرے کان اینٹھے تھے۔ ڈانٹ ڈانٹ کر انتہائی سخت گیری اور محنت سے پڑھنا لکھنا سکھایا تھا۔ اور استاد کا رتبہ ماں باپ کے برابر ہوتا ہے۔ وہ دنیا کے لیے جانے کس چکّر میں اور کس طریقے سے 'گروجی' بن گئے تھے۔ لیکن ان کو گروجی سمجھنے کا حق صرف مجھے پہنچتا تھا۔

انہوں نے ہاتھ اٹھا کر خاموشی سے مجھے آشیرواد دی اور اسی طرح سامنے کی طرف دیکھتے رہے۔ میں نے دبے پاؤں دہلیز تک پہنچ کر چپّل پہنی اور شاردا کے ساتھ باہر آگئی۔ اب مردوں اور عورتوں کی ایک قطار درشن کے لیے اندر جارہی تھی۔

اور برآمدے سے اترتے ہوئے میں نے سوچا کہ اگر میں ان سے سوال کرتی"، اقبال بھائی! آپ نے اب کی بار اتنا لمبا چوڑا فراڈ کیوں کیا۔۔۔؟"تو وہ جواب دیتے، "دیکھ منّی! دنیا شانتی کی تلاش میں دیوانی ہوگئی ہے۔۔۔ اب اگر میں اس بھیس میں چند دکھی

آتماؤں کو تھوڑی سی شانتی دے سکتا ہوں تو اس میں میرا کیا حرج ہے؟"

اور کیا معلوم اقبال بھائی خود بھی مکتی کے راستے پر پہنچ گئے ہوں۔ اپنے دل کا بھید وہ خود جانیں۔۔۔ دوسرے جاننے والے کون۔۔۔؟

***

۳

آوارہ گرد

پچھلے سال، ایک روز شام کے وقت دروازے کی گھنٹی بجی۔ میں باہر گئی۔ ایک لمبا تڑنگا یورپین لڑکا کینوس کا تھیلہ کندھے پر اٹھائے سامنے کھڑا تھا۔ دوسرا بنڈل اس نے ہاتھ میں سنبھال رکھا تھا اور پیروں میں خاک آلود پشاوری چپل تھے۔ مجھے دیکھ کر اس نے اپنی دونوں ایڑیاں ذراسی جوڑ کر سر خم کیا۔ میرا نام پوچھا اور ایک لفافہ تھما دیا۔ "آپ کے ماموں نے یہ خط دیا ہے" اس نے کہا۔

"اندر آجاؤ،" میں نے اس سے کہا اور ذرا اچنبھے سے خط پر نظر ڈالی۔ یہ اچھن ماموں کا خط تھا اور انہوں نے لکھا تھا، "ہم لوگ کراچی سے حیدرآباد سندھ واپس جا رہے تھے۔ ٹھٹھ کی ماکلی ہل پر قبروں کے درمیان اس لڑکے کو بیٹھا دیکھا۔ اس نے انگوٹھا اٹھا کر لفٹ کی فرمائش کی اور ہم اسے گھر لے آئے۔ یہ دنیا کے سفر پر نکلا ہے اور اب ہندوستان جا رہا ہے۔ اوٹو بہت پیارا لڑکا ہے میں نے اسے ہندوستان میں عزیزوں کے نام خط دے دیئے ہیں اور ان کے پاس ٹھہرے گا۔ تم بھی اس کی میزبانی کرو۔"

نوٹ: اس کے پاس پیسے بالکل نہیں ہیں۔

لڑکے نے کمرے میں آکر تھیلے فرش پر رکھ دیئے۔ اور اب آنکھیں چندھیا کر دیواروں پر لگی ہوئی تصویریں دیکھ رہا تھا۔ اتنے اونچے قد کے ساتھ اس کا بچوں کا سا چہرہ

تھا، جس پر ہلکی ہلکی سنہری داڑھی مونچھ بہت عجیب سی لگ رہی تھی۔

ایک اور ہچ ہائیکر (Hitch Hiker) میں نے ذرا کوفت سے سوچا۔ اچھن ماموں بے چارے فرشتہ صفت آدمی اس کی چکنی چپڑی باتوں میں آگئے ہوں گے کیوں کہ یہ بین الاقوامی آوارہ گرد اپنی مطلب برآری کے لئے راہ چلتوں سے دوستی کرلینے کا فن خوب جانتے ہیں۔

"شاہدہ نے بھی آپ کو سلام کہا ہے" اس نے میری طرف مڑ کر بڑی اپنائیت سے کہا۔

"شاہدہ؟"

"آپ کی کزن شاہدہ۔ میں بنارس میں ان کے ہاں مقیم تھا اور لکھنؤ میں آپ کی پھوپھی کے ہاں۔ اور چاٹگام میں انکل انور کے ہاں رہوں گا اور اگر دارجلنگ جاسکا تو کزن مطہرہ کے گھر پر ٹھہروں گا۔" اس نے جیب میں سے مزید لفافے نکالے۔

"بیٹھ جاؤ۔ اوٹو۔ چائے پیو۔" میں نے ایک لمبا سانس لے کر کہا۔ مجھے وہ دو ڈچ ہچ ہائیکر یاد آئے، جنہوں نے کراچی میں لڈن ماموں کے گھر پر ڈیرے ڈال دیئے تھے، کیوں کہ ان کے پاس پیسے ختم ہوگئے تھے۔

"میں ترکی اور ایران ہوتا ہوا آیا ہوں اور جرمنی سے یہاں تک میں نے موٹروں اور لاریوں میں لفٹ لئے ہیں۔ اب لنکا جاؤں گا۔ پھر تھائی لینڈ وغیرہ۔ وہاں سے کارگو بوٹ کے ذریعے جاپان، امریکہ اور اس کے بعد گھر واپس۔ اس وقت تو میں اورنگ آباد سے ایک ٹرک پر آرہا ہوں۔"

"بے حد ایڈونچر رہے ہوں گے تمہارے سفر میں۔"

"ہاں، استنبول میں میں تین راتیں غلطہ کے پل کے نیچے سویا۔ اور ایران میں۔۔۔"

پھر اس نے مختلف چھوٹے چھوٹے ایڈونچر سنائے۔ "میں کولون یونیورسٹی میں پڑھتا ہوں" اس نے مزید اطلاع دی۔

"پاکستان اور ہندوستان میں تم نے کیا فرق پایا۔" کھانے کی میز پر میں نے اس سے پوچھا۔

"وہاں سب لوگ مجھ سے مسئلہ کشمیر پر بڑے جوش وخروش سے باتیں کرتے تھے۔ یہاں کشمیر اور پاکستان کا ذکر بہت کم کیا جاتا ہے۔ یہاں کے مسائل۔۔۔" پھر اس نے ہندوستان کے مسائل پر ایک جامع تقریر کی۔ کچھ دیر بعد اس نے کہا، "میں دولت مند سیاحوں اور عام یورپینوں اور امریکنوں کی مانند محض تاج محل دیکھنے نہیں آیا ہوں۔ میں رات بھر دوکانوں کے برآمدوں میں سوتا ہوں۔ کسانوں کی جھونپڑیوں میں رہتا ہوں۔ مزدوروں سے دوستی کرتا ہوں۔ حالانکہ ان کی زبان نہیں سمجھ سکتا۔"

کھانے کے بعد اس نے بمبئی کا نقشہ نکال کر فرش پر پھیلایا۔ بے چارے انگریز بمبئی کے طرز تعمیر کو وکٹورین گوتھک کہتے تھے۔ یہاں کیا کیا چیزیں قابل دید ہیں؟

"ایلیفنٹا اور اپالو بندر۔ اور۔۔۔"

"یہ سب گائیڈ بک میں بھی موجود ہے" اس نے ذرا بے صبری سے میری بات کاٹی اور ہندوستان کی معاشیات اور عمرانیات پر نہایت ثقیل اور مدلل گفتگو سے مجھے نوازا۔

"اوٹو! تمہاری عمر کتنی ہے،" میں نے مسکرا کر پوچھا۔ "میں اکیس سال کا ہوں۔" اس نے بڑے وقار سے جواب دیا۔ "اور جب جرمنی واپس پہنچوں گا تو بائیس سال کا ہو جاؤں گا اور اس کے اگلے سال مجھے ڈاکٹریٹ مل جائے گا۔ میں یونیورسٹی میں جرمن غنائیہ شاعری کا مطالعہ کر رہا ہوں۔ جرمنی میں صرف ڈاکٹریٹ ملتا ہے۔ جس طرح آپ کے بی۔ اے۔ ایم۔ اے۔" بعد ازاں وہ دیر تک جرمن غنائیہ شاعری، عالمگیر سیاست

اور ہندوستانی آرٹ پر روشنی ڈالتا رہا۔ وہ تصویریں بھی بناتا تھا۔ کس قدر بقراط لڑکا ہے۔ میں نے دل میں سوچا۔ بیشتر جرمنوں کی طرح انتہائی سنجیدہ، دھن کا پکا اور حس مزاح سے تقریباً عاری۔

"میں رات کو سونے سے پہلے آپ کی کتابیں دیکھ سکتا ہوں؟"

"یقیناً۔"

رات گئے تک نشست کے کمرے میں روشنی جلتی رہی۔ صبح تین بجے غسل خانے میں پانی گرنے کی آواز آئی، تو میری آنکھ کھل گئی۔ وہ راتوں رات نہا دھو کر فارغ ہو چکا تھا تاکہ صبح کو اس کی وجہ سے گھر والوں کو زحمت نہ ہو۔ ناشتے کے وقت اس نے ہندوستان کے متعلق اس کتاب پر تبادلہ خیالات کیا جو اس نے رات بھر میں پڑھ کر ختم کر ڈالی تھی۔ پھر اس نے بمبئی کا نقشہ اٹھایا اور سیاحی کے لئے نکل گیا۔

وہ اپنے تھیلے میں پانچ کتابیں لے کر چلا تھا جن پر کمرہ ٹھیک کرتے وقت میری نظر پڑی۔ گوئٹے کی فاوسٹ، ہائینے کی نظمیں، رلکے، بریخٹ اور انجیل مقدس۔ شام کو جب وہ تھکا ہارا مگر بے حد بشاش واپس آیا تو میں نے اس سے کہا، "اوٹو! کل رات تم خدا سے منکر تھے، مگر انجیل ساتھ لے کر گھومتے ہو!" اس پر اوٹو نے خدا کے تصور میں ایک جذباتی سہارے کی انسانی حاجت پر مختصر تقریر کی،

"اوٹو! تم ایلیفنٹا گئے تھے؟ وہاں کی تری مورتی اور دیوتا۔۔۔"

"میں کہیں بھی نہیں گیا۔ وکٹوریہ گارڈن میں دن بھر بیٹھا عوام کے ہجوم کا مطالعہ کرتا رہا۔ انسان، انسان سب سے بڑا دیوتا ہے۔"

"ہاں ہاں۔ یہ تو بالکل ٹھیک ہے۔ مگر تم نے کھانا کہاں کھایا؟"

"میں نے ایک درجن کیلے خرید لئے تھے۔" مجھے دفعتاً سخت ندامت ہوئی، کہ چلتے

وقت سنڈوچز اس کے ساتھ کرنے مجھے کیوں نہ یاد رہے۔ اور مجھے اچھن ماموں کے خط کا خیال آیا جس میں انہوں نے لکھا تھا کہ اس کے پاس پیسے تقریباً بالکل نہیں ہیں۔

کھانے کی میز پر اس نے کہا، "میں بہت دنوں بعد پیٹ بھر کے کھانا کھا رہا ہوں۔" میں اس سے جرمنی کے متعلق باتیں کرتی رہی۔ برلن کی دیوار کا ذکر کرتے ہوئے اس نے مجھے اطلاع دی کہ وہ بہت سخت اینٹی کمیونسٹ ہے۔

"گھر پر میری اماں بھی میرے لئے بہت مزیدار کھانے پکاتی ہیں۔ آپ میری اماں سے مل کر بہت خوش ہوں گی۔ اب ان کی عمر بیالیس سال کی ہے۔ مصائب نے ان کو قبل از وقت بوڑھا کر دیا ہے، مگر وہ اب بھی دنیا کی حسین ترین عورت ہیں۔"

"تم ان کے اکلوتے لڑکے ہو؟"

"ہاں، میرے ابا فوجی افسر تھے۔ اماں پرشا کی رہنے والی ہیں۔ اماں سترہ سال کی تھیں، جب انہوں نے ابا سے شادی کی۔ ابا پولینڈ کے محاذ پر مارے گئے۔ ان کے مرنے کے دوسرے مہینے میں پیدا ہوا۔ بمباری سے بچنے کے لئے مجھے کندھے سے لگائے لگائے اماں جانے کہاں کہاں گھومتی رہیں۔ وہ مجھے گود میں اٹھائے، سر پر رومال باندھے، فل بوٹ پہنے، مختصر سا سامان میری پریمبولیٹر میں ٹھونسے گاؤں گاؤں پھرتی تھیں اور کھیتوں کھلیانوں میں چھپتی رہتی تھیں۔ اماں پولینڈ میں ایک گاؤں میں چھپی ہوئی تھیں جب پولش فوجی اس رات اس مکان میں گھس آئے۔ میں اس وقت پورے چار سال کا تھا۔ میرے بچپن کی واضح ترین یاد اس قہرناک رات کی ہے۔ میں ڈر کر پلنگ کے نیچے گھس گیا۔ جب افسروں نے میری اماں کو پکڑ کر اپنی طرف کھینچا تو میں زور زور سے رونے لگا۔ وہ اماں کو گھسیٹ کر باہر کھیتوں میں لے گئے۔۔۔

اماں کئی دن بعد واپس آئیں۔ وہ فوجیوں سے بچنے کے لئے اتنے عرصے تک ایک

کھلیان میں چھپی رہی تھیں اور میں اس خالی مکان میں اکیلا تھا اور باہر گولیاں چلنے کی آواز پر سہم سہم کر کونوں کھدروں میں چھپتا پھرتا تھا اور نعمت خانے اور باورچی خانے کی الماریاں کھول کھول کر کھانے کی چیزیں تلاش کرتا تھا اور جو کچھ پڑا مل جاتا تھا بھوک کے مارے منہ میں رکھ لیتا تھا۔ مگر وہ الماریاں سب اونچی اونچی تھیں جن میں کھانے پینے کا سامان رکھا تھا" وہ چپ ہو گیا اور خاموشی سے کھانا کھانے میں مصروف ہو گیا۔ "یہ چاول بہت مزے کے ہیں" اس نے چند منٹ بعد آہستہ سے کہا۔

اسی وجہ سے میں جنگ کا تکلیف دہ ذکر اس سے نہ چھیڑنا چاہتی تھی۔ میں جنگ کے بعد بڑی ہونے والی نسل سے اس طرح کے لرزہ خیز واقعات سن چکی تھی۔ مجھے وہ فرانسیسی لڑکی یاد آئی جس نے زوالِ فرانس کے بعد اسی اوٹو کے ہم قوم جرمنوں کی درندگی کے قصے سنائے تھے۔ اسی پولینڈ میں جہاں اوٹو اور اس کی ماں پر یہ سب بیتی، اسی زمانے میں وہ ناتسی گیس چیمبر بھی دن رات کام کر رہے تھے، جہاں روزانہ ہزاروں یہودیوں کو موت کے بھینٹ چڑھایا جاتا تھا اور مجھے اس روسی لڑکی کا قصہ یاد آیا جو مجھے کسی نے سنایا تھا۔ اپنے سارے خاندان کو اپنے سامنے جرمن مشین گن کی نذر ہوتے دیکھ کر پل کی پل میں صدمے کی شدت سے اس روسی لڑکی کے بال سفید ہو گئے تھے۔

یہ ۱۹۴۵ء کے بعد کے یورپ کی نوجوان نسل تھی۔ دنیا کو 'تہذیب' سکھانے والے انسانیت پرست مسیحی مغربی یورپ نے اپنے بچوں کو ترکے میں کیا دیا تھا۔

"اب تمہاری ماں کچھ کام کرتی ہیں؟" میں نے پوچھا۔ "نہیں، وہ محض ایک 'ہاؤس فرا' ہیں۔ ان کو فوجی بیوہ کی حیثیت سے پنشن ملتی ہے۔ ہمارا چھوٹا سا دو کمروں کا مکان ہے۔ میں شام کی شفٹ میں ایک فیکٹری میں کام کرتا ہوں۔ میری اماں بہت بھولی بھالی ہیں۔ اسٹرولوجی میں یقین رکھتی ہیں اور پابندی سے گرجا جاتی ہیں۔ پچھلے سال میں نے سائیکل

پر سارے جرمنی کا چکر لگایا تھا۔ جرمنی دنیا کا حسین ترین ملک ہے۔"

ہر ملک اس کے باشندوں کے لئے دنیا کا حسین ترین ملک ہونا چاہئے۔ مگر تم 'نئے ناتسی' نہ بن جانا۔ "نہیں۔ میں 'نیا ناتسی' نہیں بنوں گا۔ مجھے یہودیوں سے بہت زیادہ نفرت نہیں ہے"، اس نے سادگی سے کہا۔ مجھے ہنسی آگئی۔

"میرے نانا اور نانی اب بھی مشرقی جرمنی میں ہیں۔ مگر ہم ان سے نہیں مل سکتے۔ جس طرح آپ کا آدھا خاندان یہاں ہے، اور آدھا پاکستان میں،" اس نے کانٹا اٹھا کر مجھے سمجھایا۔

دوسرے روز اس نے وعدہ کیا کہ شہر کی قابل دید جگہیں ضرور دیکھ کر آئے گا۔ مگر وہ اس روز بھی دن بھر رانی باغ میں بیٹھا رہا۔

چوتھا دن اس نے وارڈن روڈ پر بھولا بھائی ڈیسائی انسٹی ٹیوٹ کے برآمدے میں بیٹھ کر لاؤس کی جنگ کے متعلق مضامین پڑھنے میں گزارا۔ اندر لڑکیاں رقص سیکھ رہی تھیں اور ہال میں حسین کی نئی تصاویر کی نمائش ہو رہی تھی۔ "لہٰذا میں ساتھ ساتھ آرٹ و کلچر سے بھی بہرہ ور ہوتا رہا" اس نے واپس آکر کہا۔

بمبئی میں وہ سارے فاصلے پیدل طے کرتا تھا اور وارڈن روڈ سے فلورا فاؤنٹن تک پیدل جاتا تھا۔

"میں آٹھ آنے سے ایک روپیہ روز تک خرچ کرتا ہوں اور زیادہ تر کیلے کھاتا ہوں۔ ہر جگہ بے حد مہمان نواز لوگ مل جاتے ہیں۔ کیا یہ عجیب بات نہیں کہ انسان انفرادی طور پر اس قدر سیدھا سادا اور نیک ہے اور اجتماعی حیثیت میں درندہ بن جاتا ہے؟" یہ سوال کرنے کے بعد وہ منہ لٹکا کر بیٹھ گیا۔ اس دن وہ ایک ٹرک کمپنی سے طے کر آیا تھا بنگلور تک ان کے ٹرک پر جائے گا۔ صبح سویرے اس نے اپنے تھیلے میں کتابیں

اور کپڑے ٹھونسے، دوسرا تھیلا، جو اس کا سفری خیمہ اور بستر تھا، لپیٹ کر کندھے پر رکھا، خدا حافظ کہا اور ٹرانسپورٹ کمپنی کے دفتر فلورا فاؤنٹن پیدل روانہ ہو گیا۔

اوٹو کو گئے کئی مہینے گذر گئے۔ اچھن ماموں کا خط آیا تو میں نے انہیں شکایتاً لکھا کہ آپ کے بیٹے اوٹو نے یہاں سے جا کر یہ بھی اطلاع نہ دی کہ کم بخت اب کہاں کی خاک چھان رہا ہے۔ میں نے یہ خط پوسٹ کیا ہی تھا کہ شام کی ڈاک سے اوٹو کا لفافہ آگیا۔ اس کے ٹکٹوں پر لاؤس کے بادشاہ کی تصویر بنی تھی اور خط میں لکھا تھا،

"وہ جرمن لڑکا جو آپ کے گھر پر ٹھہرا تھا آپ کو بھولا نہیں ہے۔ آپ میرے ساتھ بہت مہربان تھیں۔ (میری انگریزی کمزور ہے غلطیاں معاف کیجئے گا) آپ میرے ساتھ بڑی بہن کی سی شفقت سے پیش آئیں اور میں محبت پر بہت یقین رکھتا ہوں۔ اس کی وجہ شاید یہ ہے کہ ابھی بہت کم عمر ہوں، لیکن آپ نے ٹھیک کہا تھا، دنیا میں صرف وہی لوگ خوش رہ سکتے ہیں جو زندگی کو بغیر کسی پس و پیش کے اور بغیر سوالات کئے منظور کر لیں۔ ہم جتنے زیادہ سوالات کرتے ہیں اتنا ہی زیادہ انکشاف ہوتا ہے کہ زندگی کافی مہمل ہے۔۔۔

لنکا میں میں نیورا ایلیا سے کینڈی ایک ٹورسٹ بس کے ذریعے گیا۔ بس میں ایک سنگھالی طالب علم سے میری دوستی ہو گئی۔ اس نے راستے میں مجھے اپنے ساتھ کھانا کھلایا۔ اس کا نام راجہ تھا۔ اس نے میرے لئے پھل بھی خریدے۔ بس میں بہت سے ڈھول رکھے تھے۔ راجہ خوب گانے گاتا رہا۔ آبشار بہت خوب صورت لگ رہے تھے۔ راجہ نے مجھ سے کہا۔ چلو ہم سب نہائیں۔ چند منٹ بعد وہ مر چکا تھا۔ وہ پانی میں ڈوب گیا تھا۔ دو گھنٹے کی تلاش کے بعد اس کی اکڑی ہوئی لاش ہمیں ایک چٹان کے نیچے ملی۔ یہ سب کیا ہے۔ میں سوچتا رہا ہوں کہ یہ کیسے ہوا۔ ہم میں سے کوئی بھی راجہ کو اس حادثے سے بچانہ

سکتا تھا۔ کیا یہ اتفاق تھا یا اسی کو 'قسمت' کہتے ہیں؟ راجہ اپنے والدین کا اکلوتا لڑکا تھا۔ اس کے بہن بھائی پانچ اور پندرہ کی عمروں کے درمیان مر چکے تھے۔ اس کا باپ نابینا ہے اور ماں بہت بیمار۔ راجہ ان لوگوں کا کفیل تھا۔۔۔

مدرائے میں ایک نوجوان شاعر نے مجھ سے کہا کہ دنیا کی وجہ سے وہ بہت دکھی ہے۔ مدراس میں میں نے ریڈیو انٹرویو سے کچھ روپے کمائے۔ پھر میں پینانگ گیا جو بڑا خوب صورت جزیرہ ہے اور وہاں بے شمار چینی رہتے ہیں۔

ایک مال گاڑی کے آخری ڈبے میں بیٹھ کر میں بنک کاک پہنچا اور بدھ خانقاہوں میں مقیم رہا اور راہبوں کے ساتھ کھانا کھاتا رہا۔ دوپہر کو خوب صورت لڑکیاں خوش لباس خواتین اپنی اپنی قسمت اور مستقبل کا حال پوچھنے راہبوں کے پاس آتی تھیں۔۔۔

زیادہ تر بھکشو محبت کے بھوکے ہیں اور بے تحاشا تمباکو پیتے ہیں اور کوئی کام نہیں کرتے۔ بوڑھی مذہب پرست خواتین انہیں کھانا اور پیسے دیتی رہتی ہیں۔ بہت سے بھکشو خانقاہوں میں اس لئے بیٹھے ہیں کہ انہیں محنت کرنا اچھا نہیں لگتا۔ یہ لوگ سخت کاہل ہیں، مگر ان کے مذہب میں اس کاہلی کا ایک مقدس جواز موجود ہے۔ نروان کی تلاش۔۔۔ بعضے ان میں سے واقعی سنجیدگی سے مراقبے میں مصروف ہیں۔ لیکن زیادہ تر بھکشو کھانے اور خواتین سے گپ کرنے کے علاوہ سوتے رہتے ہیں۔

نانگ کائی میں میں میکانگ دریا میں نہایا اس کے بعد لاؤس آگیا۔

دین تین ایک بڑے سے گاؤں کی مانند ہے۔ دھوپ بہت تیز ہے اور سڑکیں گرد آلود۔ صرف راتیں خوش گوار ہیں کیوں کہ اندھیرا ساری بد صورتی، ظلم اور تشدد اور خون ریزی کو اپنے اندر چھپالیتا ہے۔ مچھر بہت ہیں۔

سوآناتک ایک طیارے میں مجھے مفت کی لفٹ مل گئی اور اب میں پکسے میں موجود

ہوں۔ پھر کمبوڈیا جاؤں گا۔ میں انکل انور کے پاس چٹاگانگ نہ جاسکا کیوں کہ برما سے مشرقی پاکستان داخل ہونے میں بڑی دقتیں تھیں۔ میں نے سرخ چین اور شمالی ویٹ نام کے لئے ویزا کی درخواست دی ہے۔ پیکنگ اور ہنوئی سے مجھے پھوم پنہہ میں جواب مل جائے گا۔ کل میں یہاں سے جنوبی ویٹ نام جارہا ہوں۔ اس غلط سلط انگریزی کے لئے دوبارہ معافی چاہتا ہوں۔ آپ کا بہت شکر گزار۔"

اوٹو کروگر

فروری ۱۹۶۳ء کے ایک غیر ملکی رسالے میں 'ویٹ نام کی جنگل وار' کے عنوان سے ایک رنگین تصویروں والا مضمون چھپا ہے۔ ان تصویروں میں گوریلا سپاہیوں کو بندوقوں کا نشانہ بنایا جارہا ہے۔ کشتیوں میں بیٹھے ہوئے گوریلا قیدی میکانگ دریا کے پار لے جائے جارہے ہیں اور کسان عورتیں یہ کشتیاں کھے رہی ہیں۔ کنارے پر پہنچ کر ان قیدیوں کو گولی مار دی جائے گی۔ دھان کے کھیتوں کے پانی میں سے جنگی قیدی گذر رہے ہیں اور مضمون کے آخر میں دو صفحات پر پھیلی ہوئی ایک تصویر ہے۔ جس میں دھان کے ہرے کھیت ہیں اور دھان کی بالیاں ہوا کے جھونکوں سے جھکی جارہی ہیں اور لمبے پتوں والے درخت ہوا میں لہرارہے ہیں۔ افق پر درختوں کی قطاریں ہیں اور سبزہ اور پانی۔ یہ ایسا دلفریب منظر ہے۔ مصور جس کی تصویریں بناتے ہیں، شاعر نظمیں کہتے ہیں اور افسانہ نگار 'دھرتی کی عظمت' کے متعلق کہانیاں لکھتے ہیں۔ ان ہرے بھرے درختوں کے پیچھے کسانوں کے پرامن جھونپڑے ہوں گے اور اس گاؤں کے باسی تنکوں سے بنی ہوئی چھجے دار نوکیلی ٹوپیاں اوڑھے دن بھر پانی میں کھڑے رہ کر دھان بوتے ہوں گے اور گیت گاتے ہوں گے اور فصل تیار ہونے کے بعد منڈی میں جاکر محنت سے اگایا ہوا یہ دھان تھوڑے سے پیسوں میں فروخت کرکے اپنی زندگیاں گزارتے ہوں گے۔ اس ندی کے

کنارے لڑکیاں اپنے چاہنے والوں سے ملا کرتی ہوں گی اور نوجوان مائیں رنگ برنگے سیرونگ پہنے، گھڑے اٹھائے اپنے بچوں کو نہلانے کے لئے دریا پر آتی ہوں گی۔

لیکن اس تصویر میں جو اس وقت میرے سامنے رکھی ہے کٹے پھٹے چہروں والی نیم عریاں اور خون آلود نوجوان لاشیں پڑی ہیں۔ دور ایک کونے میں بھورے رنگ کا مہیب جنگی طیارہ کھڑا ہے اور تصویر کے نیچے لکھا ہے،

"موت کا کھیت۔۔۔ ویت کونگ گوریلے جن کو میکانگ دریا کے دھان کے ڈیلٹا میں موت کے گھاٹ اتار دیا گیا۔ ان کے ساتھی ایک دوسرے کے ساتھ رسیوں سے بندھے سر جھکائے ایک کونے میں بیٹھے ہیں۔ اس خوں ریز دست بدست لڑائی میں ایک نوجوان ہچ ہائیکر بھی جو میکانگ دریا کے کنارے سے گذر کر شمالی ویٹ نام جارہا تھا، ایک اتفاقیہ گولی کا نشانہ بن گیا۔ اس خوب صورت ملک میں یہ بھیانک خانہ جنگی ۱۹۴۴ء سے جاری ہے اور۔۔۔"

میں نے تصویر کو دوبارہ غور سے دیکھا۔ ساحلی گھاس پر اوندھی پڑی ہوئی ایک لاش کا چہرہ اوٹو سے ملتا جلتا تھا۔ اوٹو کروگر زندگی کا تجربہ حاصل کرنے دنیا کے سفر پہ نکلا تھا۔

***

۴

ٹوٹتے تارے

انجیر اور زیتون کے درختوں اور ستارۂ سحری کے پھولوں سے گھری ہوئی کسی جھیل کے خاموش اور پر سکون پانیوں میں زور سے ایک پتھر پھینکنے سے لہروں کا لحظہ بہ لحظہ پھیلتا ہوا ایک دائرہ سا بن جاتا ہے نا! یا جب کوئی تھکا ہارا مطرب رات کے پچھلے پہر اپنے رباب پر ایک آخری مضراب لگا کر ساز کو ایک طرف رکھ دیتا ہے اور اس کے نقرئی تاروں میں سے جو لرزتا، دم توڑتا ہوا آخری نغمہ بلند ہوتا ہے۔ یا پھر جیسے سفید یاسمین کی معصوم کلیوں کی مہک کی تیز لپٹوں میں ملفوف ہوا کا ایک جھونکا صبح ہوتے چپکے سے اندر داخل ہو کر شمع کو بجھا دیتا اور پھر اس بجھی ہوئی شمع میں سے جو ہلکا سا غمگین سا دھواں لہراتا ہوا اوپر کو اٹھتا ہے نا۔۔۔

لیکن ٹھہریئے بھئی۔ اس قدر شاعری کی ضرورت نہیں۔ بس یوں ہی سمجھ لیجئے کہ ایسی ہی کچھ ناقابلِ اطمینان، ناقابلِ تشریح سی کیفیت اس وقت شاہینہ پر چھائے جا رہی تھی بلکہ حاوی ہو رہی تھی۔ اسے محسوس ہو رہا تھا، نہ جانے کیا کیا محسوس ہو رہا تھا، کیوں کہ ہماری اس احمق سی دنیا میں بہت سی باتیں ایسی عجیب سی ہو جاتی ہیں جن کی تشریح نہیں کی جا سکتی اور نہ ان کی کوئی معقول وجہ سمجھ میں آتی ہے۔ جانے کیوں، پر ایسا ہوتا ضرور ہے، ہمیشہ، کہ جب، لیکن، خیر، کہانی بے ربط ہو جائے گی اور پھر آپ عقل مندوں

کے نزدیک اس زندگی میں بہت سے گہرے گہرے اور اونچے اونچے نشیب و فراز ہیں، اور یہ زندگی ایک دوراہا ہے۔ ایک چھوٹا سا المیہ ہے یا طربیہ۔ یا المیہ اور طربیہ دونوں۔۔۔یا ایک۔۔۔ خیر۔۔۔افوہ۔۔۔!

کیوں کہ یہ رخشندہ کا خط تھا جسے وہ اب تک کم از کم پچیس مرتبہ پڑھ چکی تھی۔ اور اب اسے خوف ہو رہا تھا کہ کہیں اسے ڈاکٹر عارف سے اپنی سائیکو انالسس نہ کروانی پڑ جائے۔

زندگی بھی واقعی کیسی عجیب چیز ہے۔ بے انتہا عجیب۔ بالکل بے سروپا۔ رخشندہ کا خط اسی طرح قالین پر پڑا ہوا تھا۔ بھئی اللہ یہ کرسمس کی صبح تھی۔ کیرل گانے والی ٹولیاں دور نکل چکی تھیں اور پہاڑی خوبانیوں کی ڈھلوان کے پرے کیتھیڈرل کی دوسری طرف سے بیگ پائپ کے تیز اور مدھم سروں کی لہریں برفانی ہوا میں تیرتی ہوئی دریچے کے شیشے سے ٹکرا کر اندر داخل ہونے کی کوشش کر رہی تھیں۔ ہر سال یہ بیگ پائپ بجانے والے ۲۵ / دسمبر کی صبح کو اسے اسی طرح جگا دیا کرتے تھے اور وہ جھنجھلا کر پھر تکیے میں منہ چھپا لیتی تھی۔ مگر اب۔۔۔ اب تو ساری کہانی ہی ختم ہو چکی ہے۔ توبہ۔۔۔ افوہ۔۔۔ ہوا کے ایک جھونکے سے رخشندہ کا خط اڑتا ہوا آتش دان میں جا گرا۔ اس نے اٹھ کر دریچہ بند کر دیا اور دیوان پر گر گئی۔ صبح کی ہلکی ہلکی قرمزی روشنی دیواروں پر پڑ رہی تھی۔ کتھیڈرل کا گھنٹہ بجے جارہا تھا اور Gants brough کا۔ "بلو بوائے" دیوار پر سے جھانک کر مسکرا رہا تھا۔ "بلو بوائے۔" شاہینہ نے آنکھیں بند کر لینی چاہیں لیکن تصویر کے شیشے پر بہت سی دھندلی رنگین پرچھائیاں ناچنے لگیں۔

"جب میں بڑا ہو کر ڈیڈی کی طرح میجر بنوں گا اور ری شی سے شادی کروں گا تو تم اور سلیم ہمارے ہاں مہمان آنا۔ میں راج پور میں یوکلپٹس کے جنگلوں میں ایک بہت بڑا

اوراونچا سا چاکلیٹ اور کیک کا گھر بناؤں گا۔ پھر اس میں ری شی اسنو وائٹ کی طرح رہا کرے گی۔"

"ہشت ندیدے، کہیں ہر وقت چاکلیٹ کھاتے کھاتے بیمار جو پڑ جاؤ گے تو جناب عالی میں تو کبھی آپ کو دیکھنے بھی نہیں آؤں گی، اور ڈبل فیس لوں گی ہمیشہ۔ سلیم تم بھی کبھی نہ جانا ان لالچی خرگوشوں کے گھر۔ میاں عمر بھر پڑے رہیں گے یوں ہی۔ اور ہم تو اپنے ٹھاٹ سے ہوائی جہاز میں پھریں گے۔

صبح کو چاند میں جا کر چائے پی، دوپہر کو میکسیکو پہنچ گیے، رات کو گھر۔ آہا کیسے مزے کی زندگی ہوگی۔ لیکن رخشندہ نے لکھا تھا: "خدارا شی شی میرا خط پڑھ کر اپنے آپ کو غمگین مت کر لینا۔ میں تم کو پورے چھ سال بعد لکھ رہی ہوں۔ کتنی طویل مدت ہے اور میں کس قدر احسان فراموش۔ یقیناً مجھے تم سے معافی مانگنی چاہئے۔ ایک یتیم اور کمزور لڑکی، جس نے تمہارے گھر پر، تمہارے گھر والوں کے رحم و کرم پر، پرورش پائی ہو اور وہ ایسی باغی اور سرکش نکل جائے۔ سوچو تو شی شی میں ہمیشہ ہنسنے والی ری شی کیسی عجیب باتیں لکھ رہی ہوں کیوں کہ زندگی نے مجھے رونا بھی سکھا دیا ہے۔ شاید میں اب بھی تم کو خط نہ لکھتی اور تم کو معلوم نہ ہونے پاتا کہ میں کہاں ہوں اور کیا کر رہی ہوں۔ لیکن گذشتہ ہفتے پونا سے بنگلور آتے ہوئے میری ایمبولینس کار ایک اور فوجی لاری سے ٹکرا کر کھڈ میں گر گئی اور میری یونٹ کے آفیسر کمانڈنگ کو مجھ سے پوچھ کر تمہیں میرے زخمی ہو جانے کی اطلاع دینی پڑی کیوں کہ اس وسیع دنیا میں میری Next of kin تم ہی ہو۔

پریشان نہ ہونا۔ اب میں اچھی ہوتی جا رہی ہوں۔ کرسمس آنے والا ہے اور نہایت سرگرمی سے اس کے استقبال کی تیاریاں کی جا رہی ہیں۔ کاغذی ربن اور رنگین جاپانی قندیلیں، مصنوعی مسکراہٹیں اور لالہ کے پھولوں سے بھرے ہوئے گل دان۔ کینٹین

میں رات گیے تک گیتوں اور قہقہوں کا شور رہتا ہے۔ اپنے گھروں سے ہزاروں میل دور پڑے ہوئے امریکن اور آسٹریلین فوجی ہر وقت خوش رہنے کی کوشش کرتے ہیں۔ ہر وقت چیخ چیخ کر گاتے رہتے ہیں۔ انسان اپنے آپ کو خود فریبی میں مبتلا رکھنے کا کتنا شوقین ہے۔ "ایلس بلو گاؤن" کا ریکارڈ تیزی سے بج رہا ہے۔ یاد ہے "بلو بوائے" کون تھا؟ اللہ! اچھا اب ختم کرتی ہوں۔ ہمارا نیا میجر ابھی اپنا راؤنڈ لینے کے لیے آنے والا ہے۔ اس نے ابھی مجھے لکھنے پڑھنے کی اجازت نہیں دی ہے۔ یا اللہ! میں اس قدر احمق سی کیوں ہوتی جارہی ہوں۔ صبح وہ مجھ پر جھکا ہوا میرا ٹمپریچر لے رہا تھا اور میرا جی چاہ رہا تھا کہ وہ فوراً وہاں سے ہٹ جائے، میرے راستے سے الگ ہو جائے اور پھر وہ نئے راگ سنانے پر نظر آتا ہے۔ اس کی نیلی آنکھیں دیکھ کر مجھے وہ گزرے دن اور پرانی باتیں اس قدر تیزی سے یاد آنے لگتی ہیں کہ جنہیں میں اس چھ سال کے عرصے میں بھولنے میں خاصی کامیاب ہو چکی ہوں۔ خدا کے لیے شی شی مسکراؤ۔"

دس برس پہلے کرسمس کی ایسی ہی برفانی صبح تھی جب رخشندہ بھاگی بھاگی اس کے کمرے میں آئی تھی اور اس سے کہا تھا: "کاہل بلّی اٹھو، مہمان آگیے ہیں۔" اور شاہینہ یہ خبر سنتے ہی لحاف پرے پھینک کر برش سے جلدی جلدی بالوں کو ٹھیک کر ابّا جان کے کمرے میں پہنچی تھی جہاں وہ مہمان بیٹھے تھے جو اپنے بچوں کو سینٹ جوزفز اکیڈیمی میں داخل کرنے کے لیے آئے تھے۔ برآمدے میں ڈھیروں اسباب پھیلا پڑا تھا اور ان بچوں کی گوری سی ممی سیاہ فر کے لبادے میں لپٹی اس کی امی سے باتیں کر رہی تھیں۔ ان کے ڈیڈی بھی باتوں میں مصروف تھے اور "بے حد شریر، بڑی بڑی، نیلی آنکھوں اور بھورے بالوں والے لڑکے نہایت مسکین اور غمگین صورت بنائے ایک ہولڈال پر چڑھے بیٹھے تھے۔ ان میں سے ایک برابر ٹانگیں ہلائے جارہا تھا اور دوسرا جس کی ناک سردی اور زکام

کی وجہ سے ٹماٹر کی طرح سرخ ہو رہی تھی، رخشندہ کے ہاتھ سے چائے دانی گرانے کی فکر میں تھا جو میز پر جھکی ہوئی چائے بنا رہی تھی۔

"تم نے اپنی بہنوں کو سلام نہیں کیا۔"

"ہم نہیں کیا کرتے لڑکیوں کو سلام۔ ہونہہ، احمق گلہریاں۔"

"ہائیں اسلم بری بات۔"

ان کے ڈیڈی نے ڈانٹا۔

"اچھا ہم سے دوستی نہیں کرو گے؟ لٹل بوائے بلو۔"

"تمہیں اسکیٹنگ آتی ہے؟ باکسنگ کرو گی؟ ہمیں اپنی بے وقوف گڑیاں دکھاؤ۔"

اور بہت جلد وہ چاروں کیڈبری چاکلیٹ کے البم، مکینو، لیڈی سیلنڈ، مکی ماؤس اور ریل کے انجنوں کے ڈھیر میں منہمک ہوگیے، جیسے ہمیشہ کے ساتھی تھے اور زندگی بھر اسی طرح ایک ساتھ خوب صورت اور رنگین کھلونوں سے کھیلتے رہیں گے۔

اسلم نے سینئر کیمبرج فرسٹ گریڈ میں پاس کیا، " بلو بوائے کیا انعام لو گے بتاؤ؟" رخشندہ نے پوچھا۔

"ہونہہ، بہت انعام دینے چلی ہیں۔ ذرا شکل تو اپنی آئینے میں ملاحظہ فرمالیجیے۔ میں خود تم کو نہ دے ڈالوں گڑیا ٹیڈی بئر گوبلن۔ مانگ کیا مانگتی ہے لڑکی؟"

"سر تمہارا گدھے کی دم کہیں کے۔"

"سر تو فی الحال نہیں دے سکتا۔ اس کی مجھے خود کافی ضرورت ہے اور جو چاہے لے لو۔ رولر اسکیٹس کی نئی جوڑی خریدی ہے، لو گی؟"

"جی میرے پاس خود ہیں اسکیٹس۔ آپ اپنے پاس ہی رکھیے اپنے۔"

"واللہ کیا آپ کے اسکیٹس ہیں۔ نیلام میں خریدے تھے نا۔ اور اسکیٹنگ آپ کس

قدر نفیس کرتی ہیں۔۔۔ گویا۔۔۔ موری نیاڈگمگ ڈولے رے۔ اور کرکٹ۔۔۔"

"کرکٹ کھیلتی ہیں تو کرکٹ سکھا کر آپ نے میری جان پر کیا احسان کر دیا۔ آپ تو مر کر بھی ایک پل اوور نہیں بن سکتے۔"

"اگر ہمیں پُل اوور بننے ہوتے تو پھر خدا نے لڑکیاں کس مصرف کے لیے بنائی تھیں۔"

نیلو فر اور نرگس کے شگوفوں سے گھرا ہوا راستہ اسی طرح طے ہوتا رہا لیکن اگر منزلیں مختلف نہ ہوتیں تو ستاروں کی راہوں کا یقین کیسے آتا؟ اور اب اتنے برسوں کے بعد شاہینہ پھر اسی سایہ دار روش پر آہستہ آہستہ قدم رکھتی ہوئی نیچے اتر رہی تھی جس پر اس کے دل کا ساتھی کمل اس لیے اس کے ساتھ نہیں چل سکتا تھا کیوں کہ وہ اس کے طبقے اور اس کے فرقے سے تعلق نہ رکھتا تھا اور اسلم بے دلی سے سیٹی بجاتا ہوا اس کے ساتھ ساتھ اس لیے آرہا تھا کیوں کہ وہ ایک نائٹ کی لڑکی تھی اور وہ اس کے منگیتر کی حیثیت سے کرسمس گزارنے دہرہ دون مدعو کیا گیا تھا۔ پھر وہ آلوچے کی ٹہنیوں کے نیچے چلتے چلتے یک لخت رک گئی اور اس کی طرف مڑ کے کہنے لگی، "ٹھیک ٹھیک بتاؤ کیا تم واقعی میرے ساتھ خوش رہ سکو گے؟"

"کوشش تو کروں گا۔" اس نے بے تعلقی سے ایک پتّا توڑ کر کہا۔

"اسلم! میں تم سے التجا کرتی ہوں بنگلور واپس چلے جاؤ۔"

"اوہو، رخشندہ پر کرم کرنا چاہتی ہیں آپ۔ بہت جلد اس کا خیال آیا۔ اطمینان رکھو، وہ تم سے ایک اور احسان کی آرزو مند نہیں ہے۔ وہ پوری طرح تندرست ہونے سے پہلے ہی ہسپتال چھوڑ کر کہیں اور جا چکی ہے۔" اسلم نے بے پروائی کے ساتھ کہا۔ ہوا کا جھونکا پتوں میں سے سرسراتا ہوا نکل گیا۔ اسلم یکایک نہایت تلخی سے بولا: "مجھے تم سے

نفرت ہے۔ تمہارے گھر والوں سے نفرت ہے۔ سچ کہتا ہوں مجھے اس دن سے تم سے سخت نفرت ہے جب میں نے پہلی مرتبہ بچپن میں تم کو رخشندہ کے ساتھ ایک خادمہ کا سا برتاؤ کرتے دیکھا تھا۔" وہ پھاٹک تک پہنچ گئے:" اچھا اب اجازت ہے، خدا حافظ۔" وہ اپنی ڈوج میں بیٹھا اور وہ زنّاٹے سے ڈھلوان پر سے اترتی ہوئی کتھیڈرل کے دوسری طرف جا کر نظروں سے اوجھل ہوگئی۔

اور پھر بیگ پائپ اسی طرح بجتا رہا۔ ہوا نے دریچے کا پٹ کھول دیا تھا۔ شاہینہ نے اٹھ کر دوبارہ اسے بند کر دیا۔ باہر بارش کے پہلے قطروں سے بھیگی ہوئی سڑک دور تک خاموش اور سنسان پڑی تھی۔ یہ اجنبی راستے نہ معلوم کیوں شروع ہوئے اور کہاں جا کر ختم ہوں گے؟

***

۵

رقصِ شرر

پارٹ وَن۔۔۔ کشتی پر

جیسو مرایا!

ہُم۔ جیسو مرایا!!(بالکل ولایتی ہو)

اوہ۔ ادھر دیکھو۔ چھتر منزل کے نیچے نیچے درختوں کے سائے میں گومتی کا رنگ کتنا گہرا سبز نظر آرہا ہے۔

تمہاری آنکھوں کا رنگ بھی تو ایسا ہی ہے۔ دھندلا سا سبز اور چھلکتا ہوا جیسا۔

ہوں۔

کیسی۔۔۔ میرا مطلب ہے کہ۔۔۔ نفیس بات ہے (دراصل مجھے اس سے بہتر اردو بولنی نہیں آتی۔)

بہت نفیس۔۔۔(افسوس کہ مجھے بھی نہیں آتی۔)

کیوں کہ ہم دونوں ہندوستان کے ہو کر بھی ہندوستان کے نہیں ہیں۔

نہیں ہیں! کس قدر بری بات ہے یہ!

بے انتہا۔ غروبِ آفتاب کی خاموش قرمزی موسیقی کے ساتھ ساتھ کشتی کھیلنا تمہیں پسند آرہا ہے؟

خاصا۔(اے میرے گیتوں کے ملاّح!)

اجازت دو کہ عرض کروں کہ کاش شفق کی سرخی پانیوں پر مچلتی رہے۔شام کی دبیز ہوائیں تمہارے خوب صورت بال اسی طرح پریشان کرتی رہیں اور یہ کشتی ان نامعلوم آبی راستوں پر یوں ہی رواں رہے۔(ٹیمز کی لہروں پر میں نے ان ہی الفاظ کا بہترین انگریزی ترجمہ کر دیا تھا۔)

میرا خیال نہیں۔

اور جب میں نے تمہیں پہلی مرتبہ ۱۹۴۰ء کے جاڑوں میں مے فیئر بال روم کی اسٹیج پر سفید پھولوں کا تاج پہنے جنوبی اطالیہ کے ساحلوں کا رقص کرتے دیکھا تھا (جہاں تمہارے کالج کا ڈرامہ "ماہی گیر کی لڑکی - پرل" کھیلا جارہا تھا) اور پھر پچھلے ہفتے جب تم پھلوں کے ڈبّے سنبھالے کینٹین سے نکل کر اپنی کار کی طرف بڑھ رہی تھیں۔

بے حد طویل عبارتیں زبانی کہہ ڈالتے ہو۔ذرا مختصر الفاظ میں اپنا مطلب بیان کرو۔

ار۔۔۔میں یہ کہہ رہا تھا کہ چھتر منزل کے سائے دریا پر پھیلتے جارہے ہیں اور میں بے انتہا خوش قسمت ہوں۔ظاہر ہے۔۔۔

شپ۔۔۔شپ۔۔۔شپ۔۔۔شپ!

تمہیں میرا شہر کیسا لگا؟

اچھا ہے۔۔۔ خصوصاً نیو انڈیا کی بالکونی اور امبیسڈر۔ یہ پرسکون ندی اور وہ دوسرے کنارے پر بندھی ہوئی لمبی ناؤ کا سلہٹ اور کنارے پر پھونس کا گھر۔۔۔

جناب!وہ ہمارے ہاں کا بوٹ کلب ہے۔

تمہارے ہاں کا؟

جی یونی ورسٹی کا ہماری۔

اور وہ بے حد شان دار ساپٹل؟

موتی محل برج۔

اسی پر سے رومان خوابوں کے گیت گاتا ہوا گزرتا ہے! معلوم نہیں۔

شپ۔۔۔ شپ۔۔۔ شپ۔۔۔ شپ (پتوار کی آواز) چاروں طرف یہ سائے طویل ہوتے جارہے ہیں۔ فطرت کے یہ مبہم، بے معنی سے اشارے۔ ایک نظم سنو۔ ہم تین دوست ہیں۔ میں اور میرا سایہ اور زرد چاند۔۔۔ شنتوفو کی رات میں جب ستاروں کے دیوتا فیوجی کو کا مقدس بربط بجاتے ہیں تو میں چیری کے نیچے بیٹھ کر یاما شٹیا کے چاول کی سرخ شراب پیتا ہوں۔ لیکن چاند اور میرا سایہ شراب نہیں پی سکتے۔ پھر میں شاما کورا کے مندر میں واپس چلا آتا ہوں۔۔۔ ہم تین دوست ہیں۔ یہ جاپانی نظم تھی۔ چینی نظم سناؤں یا روسی!

اف، خدا کے لیے چپ رہو۔

شپ۔۔۔ چپ۔۔۔ شپ۔۔۔

کیا سوچ رہی ہو؟

کچھ نہیں۔ ارے یہ کون؟

کہاں۔۔۔؟ آنکھوں کے پپوٹے بھاری، ہونٹوں پہ نشے کی دھاری، یہ کون آیا۔۔۔ یہ کون آیا؟

بے حد لغو ہو!

لیکن اس طرف اتنی دل چسپی سے کیا دیکھ رہی ہو۔ اس پھونس کے گھر کے نیچے سے کوئی رومال ہلا رہا ہے۔ ہو گا کوئی۔ وہ ہسپانوی نغمہ سنو جو سترھویں صدی کی۔۔۔ ارے وکٹر۔۔۔ قطعی وکٹر ہے۔۔۔ دیو آؤٹ کر رہا ہے بے چارہ اتنی دیر سے۔

کون ہیں یہ بزرگ؟

وکی۔۔۔ وک۔۔۔ ٹر۔۔۔ ہیلو۔۔۔ شی۔۔۔ شی۔۔۔ شو۔ اس نے تمہاری آواز نہیں سنی۔ ہُنہ!

وکی۔۔۔ آئی سے۔۔۔ شُوشُوشو (وہ بھی سیٹی بجا رہا ہے۔ بہترین سیٹی بجاتا ہے۔)

آخر یہ کون صاحب ہیں جن سے آپ اتنی بے تکلف ہیں۔

وکٹر رونلڈ اجیت کمار سنگھ۔۔۔ لامارٹینز میں میرے ساتھ پڑھتا تھا۔

بہر حال ایک تھرڈ کلاس اینگلو انڈین لڑکے کا تمہیں اس طرح رومال ہلانا میری نظروں میں سخت نامناسب اور معیوب بات ہے۔

کیا فرمایا آپ نے۔۔۔ تھرڈ کلاس۔۔۔ جنابِ والا وہ سر مہارانا سنگھ کا بھتیجا۔۔۔

فوّہ۔۔۔

شپ۔ شپ۔ چپ۔ شپ۔

فوّہ۔۔۔ شوّہ۔۔۔

لالہ!

فرمایئے۔

میں تم سے صمیم قلب سے معافی چاہتا ہوں۔

اور میں آپ کو اسی صمیم قلب سے معاف کرتی ہوں۔

اچھا تو باتیں کرو۔

گومتی کے پانیوں پر اڑنے والے نیلے پرندے دیکھے ہیں تم نے۔۔۔ (جنرل قسم کے Topic پر گفتگو کی جائے گی۔)

ہُم۔۔۔ زو کی جھیل میں دیکھے تھے۔۔۔ اور سارس۔۔۔ اس کے علاوہ بطخ بھی

نہایت عمدہ اور مفید پرند ہوتا ہے۔

کس قدر زبردست بور ہیں آپ۔

لالہ!

ارشاد! کبھی تم نے یہ بھی غور کیا (قطع نظر اور باتوں کے) کہ محبت کتنا شیریں، خوب صورت اور پیارا خیال ہے۔

ربّش۔ (بطخوں سے محبت پر آپ خوب پہنچ گیے۔)

لالہ! ایسے خوب صورت وقت میں (جب کہ آئینہ آب پر، موجۂ شاداب پر، سایہ مہتاب پر، منظرِ شب تاب پر۔۔۔ ہے مری کشتی رواں اور میں ہوں نغمہ بار) اگر تم نے اپنی فلسفیانہ زندگی چھوڑ کر تھوڑی دیر رومان کی باتیں نہ کیں تو یقین جانو ان تمام چیزوں کے ساتھ (جن کا میں نے ابھی ذکر کیا ہے) سخت زیادتی ہوگی (لہٰذا محبت کے متعلق اپنی رائے مفصل بیان کرو۔)

رَوٹ۔

ایں۔

ہوّہ۔

(جاپانی زبان میں بولتی ہو) تو یہ افواہ درست تھی کہ آپ انتہا سے زیادہ میٹر آف فیکٹ ہیں۔

قطعی درست ہے۔ تم سے کس نے کہا تھا۔

عارف کہہ رہا تھا بے چارہ، حالاں کہ اس کا خیال تھا کہ یہ اس کی پسند کی منگنی ہے۔

پسند کی منگنی! اس سے زیادہ تو کاروباری اور کوئی چیز ہو ہی نہیں سکتی، جیسے دنیا کی اور بہت سی باتیں ایک خالص پروگرام کے ماتحت چل رہی ہیں: رات کا سونا، صبح کی چائے،

دوپہر کو یونی ورسٹی کے لیکچر، شام کو کافی ہاؤس۔۔۔ اور اس وقت تمہارے ساتھ یہ کشتی رانی!

ایں! لیکن اس رومان آفریں۔۔۔

اس سے آگے پہنچ کر سارا رومان کوچ کر جائے گا۔۔۔

پر اگر تم میرا یقین کرو۔۔۔

تم جیسوں پر یقین کرنا کس۔۔۔ گدھے نے بتایا ہے۔

میرا خیال ہے۔۔۔ تمہیں اپنی زبان کی طرف توجہ کرنی چاہئے۔

بہر کیف آپ اطمینان رکھیے۔۔۔ میں دہلی کلاتھ ملز کے کپڑے کے کوپنوں اور پولسن مکھن کے ڈبّے کے علاوہ اور کچھ نہیں سوچ سکتی۔ لیکن آپ اور عارف اور آپ کے سارے قبیلے والے گلنار شفق کی سرخی اور شبنم کے گیت پر زندہ رہنا چاہتے ہیں۔

اور اگر اس وقت تمہیں بتاؤں کہ میں تم پر بالکل۔۔۔ مرتا ہوں تو تم کیا کرو گی؟

میں فوراً یہ کشتی الٹ دوں گی تاکہ ڈوب کر تم زیادہ آسانی سے مر سکو۔

کشتی الٹ دو گی۔ خدا کی قسم۔۔۔ افوہ غالب نے یا شاید ذوق نے خوب کہا تھا؛

احسان ناخدا کا اٹھائے مری بلا
کشتی خدا پہ چھوڑ دوں، لنگر کو توڑ دوں

اس کے علاوہ جذبی کہتا ہے۔

جب کشتی ثابت و سالم تھی۔۔۔

ہائے اللہ! کس قدر برجستہ اور باموقع شعر پڑھتے ہو، واقعی!

تسلیمات۔ تسلیمات۔ عرض کیا ہے کہ۔۔۔ گیتوں کا طوفان اٹھا ہے اپنی بینا تیز کرو۔۔۔ یعنی غور کرو کہ ان الفاظ میں طوفان۔۔۔ ریڈیو آرکیسٹرا اور شاعر کے جذبات کی

باہم چپقلش کو کس خوبی سے پیش کیا گیا ہے۔۔۔ محبت کے فلسفے پر نوٹ لکھتے ہوئے اس دوسرے شعر میں شاعر کہتا ہے کہ۔۔۔

خدا کے لیے تم چپ بھی ہوگے یا نہیں۔ محبت۔ محبت۔۔۔!

واللہ۔ خوب! محبت کا افسانہ اور ان لبوں سے۔۔۔ خوشا آں زبانے، زہے آں بیانے!

خوشا آں۔۔۔ راز بھی بھئی بڑے پایہ کا شاعر ہوگا۔ علی گڑھ میں میرا کلاس فیلو تھا۔۔۔ اور سنو۔۔۔ کہتا ہے کہ۔۔۔ ارے تم تو واقعی اس قدر گلنار ہورہی ہو جیسے۔۔۔

اتنے بکواسی ہیں آپ خدا کی قسم۔۔۔ اب میں سچ مچ رونا شروع کردوں گی۔

اچھا تو پھر آؤ کاروباری باتیں کریں۔ بھئی مارکیٹ میں پچھلے تین گھنٹے میں دکھنی کپاس اور خاندیش کی مونگ پھلی ساڑھے سینتالیس فی صدی کے بھاؤ سے گر گئی۔۔۔ اور گنیش فلور ملز کے پریفرنس شیئرز۔۔۔

شپ۔ شپ۔ شپ۔ چپ۔ شپ

ہائے اللہ اگر میں تمہیں قتل کرسکتی۔۔۔ تم اتنے برے کیوں ہو؟

اور تم اتنی پیاری سی گڑیا کیوں ہو؟

کاش تم میں عقل ہو۔

کاش تم اتنی عالم فاضل نہ ہوتیں۔۔۔ (ورنہ میں تم سے ضرور شادی کرلیتا)

پارٹ ٹُو۔۔۔ کینٹین میں

جیسو مر ایا!

ہا۔۔۔ جیسو مر ایا!!

سیلما۔۔۔ چاندنی رات کا گیت، موسمِ گل کے نغمہ زاروں کی شراب۔۔۔

اندر آجاؤ۔۔۔ میری نیلی آنکھوں والی سینوریتا۔۔۔ اور آج کی رات کو محض آج کی رات سمجھو۔

سیلما۔۔۔ تمہیں کون سی شراب پسند ہے۔ اسکوچ۔۔۔ شیری۔۔۔ ورموتھ۔۔۔ کوک ٹیل بناؤں؟

دونٹ مائنڈ اے لٹل شری۔

اور آپ۔۔۔ مس۔۔۔ ار۔۔۔ مس۔

لالہ رخ۔۔۔ دونت یو لائک ٹو۔۔۔

نیو تھینکس، کرنل۔۔۔ آئی ڈونٹ ڈرنک۔۔۔ اوہ۔

اوہ۔۔۔

۔۔۔ فرالین سیلما مارینا پیٹرزبرگ۔۔۔

مس لالہ رخ۔۔۔

ڈیلائیڈ ٹو میٹ یو!

یقین جانو ہم بہترین دوست ثابت ہوں گے۔

سیلما مارینا۔۔۔ کیسا رومانتیک اور جپسیوں جیسا نام ہے۔ (میری ٹوٹی پھوٹی فرنچ کا سارا زور لگا دینے پر بھی تم محض مسکرا رہی ہو۔ یہ بات ٹھیک نہیں)۔

تمہارے کیوٹیکس کا شیڈ بہت پیارا ہے۔

ناچ کے تہوار کے بعد بھی ہم ملا کریں گے نا۔ تم لکھنؤ ہی میں رہتی ہو نا؟ لاپلاز میں۔۔۔ مجھے تم بہت اچھی لڑکی معلوم ہو رہی ہو۔ حالاں کہ عموماً غیر ملکی مجھے ذرا نہیں بھاتے (کیوں کہ ہم لوگ سخت قوم پرست ہیں)۔ میرا بھائی بھی تمہیں بہت پسند کرتا ہے۔

تمہارا بھائی؟

ہاں، بہترین لیڈی کلّر ہے۔ اس کینٹین کا ٹھیکہ اسی کے پاس ہے۔

میں اس سے مل کر بہت خوش ہوں گی۔

سیلما۔۔۔ آج کی رات۔۔۔ آج کی رات۔۔۔ کتنی بے وقوفی کی باتیں ہیں یہ ساری کی ساری۔۔۔ جب کہ۔۔۔ جب کہ خاموش ہوا پام کے پتّوں میں سے گذر رہی ہے اور باہر سبز آسمان پر روپہلے ستارے جھلملاتے ہیں۔ اور کل جب میں یہاں سے سیکڑوں میل دور جا چکا ہوں گا یہ پتّے اور یہ ہوائیں یوں ہی گاتی رہیں گی۔

سیلما!

ہوں۔۔۔

کیا سوچ رہی ہو؟

وہ کون ہے؟

میرا منگیتر۔۔۔ آفیشیل فیانسے۔۔۔

یَپ۔۔۔

اور وہ دوسرا؟

وہ کمال ہے۔۔۔ انتہائی باتونی آدمی۔۔۔ اور یہ میں ہوں۔۔۔ لالہ رُخ اور تم۔۔۔! محض ہنگرین سی بال روم ڈانسر۔۔۔ اور۔۔۔ یہ اپریل کی رات ہے۔۔۔ اور ہم کینٹین کے باہر پائن کے سائے میں سبز بید کی کرسیوں پر بیٹھے بے معنٰی باتیں کر کے بے حد خوش ہو رہے ہیں۔ اور پہلی مئی کے جشنِ بہاراں کی شام کو تم نیلے ڈینیوب کے سبزہ زاروں کا ناچ دکھلاؤ گی جس کے لیے تم کو ساڑھے تین سو روپے جنگی فنڈ میں سے دیئے جائیں گے۔۔۔

سیلما۔۔۔

ہاں!

کیا خیال ہے تمہارا؟

بہت خوب۔

تمہیں میرا منگیتر پسند آیا؟

نہیں۔

اور کمال؟

نہیں۔

میرا بھائی؟

وہ بھی نہیں۔

اوہ۔ پھر تمہارے لیے کیا کیا جائے؟

کچھ نہیں۔ شکریہ!

تمہیں ہندوستان کے لڑکے اچھے نہیں لگتے؟

بہت اچھے لگتے ہیں۔

کیوں کہ بہت ویل ڈریسڈ ہوتے ہیں۔ بڑی عمدہ انگریزی بولتے ہیں۔ بے حد اسٹائل سے پیار کرتے ہیں۔ انتہائی احمق ہوتے ہیں لیکن انتہائی عقل مند نظر آنے کی کوشش کرتے ہیں۔ تمہارے ملک کے لڑکے ایسے نہیں ہوتے۔

نہیں۔

فرالین سیلما!

ہاں۔

تمہاری ماں کون تھی؟

اس سلسلہ میں میری ماں کا ذکر بھی ضروری ہے۔

نہیں، یونہی پوچھ رہی ہوں، ازراہ ہمدردی۔

اچھا، شکریہ۔۔۔ بوڈاپسٹ میں ٹوپیاں بیچتی تھیں۔۔۔ مرگئی۔۔۔

اوہ، چچ چچ چچ۔۔۔ اور باپ؟

اس سے بھی ہمدردی ہے؟ وہ برلن کے ایک لوہے کے کارخانے میں فورمین تھا۔

نازیوں نے مارڈالا؟

نہیں۔۔۔ خود ہی مرگیا۔۔۔ خودکشی کرکے۔

اوہ۔ ہاؤ بیورلی سیڈ۔۔۔ برلن واپس جانا چاہتی ہو؟

نہیں۔

کیوں؟

وہاں کے نائٹ کلب اجڑ چکے ہیں اور یہاں روز ایک نائٹ کلب قائم ہو رہا ہے۔

تو تمہیں ہمارا ملک پسند ہے گویا!

بہت۔

سیلما۔۔۔

تم نے پولٹ گوڈرڈ اور این شیرؔیڈن کو دیکھا ہے؟

نہیں۔۔۔ تم نے دیکھا ہے؟

ہاں۔۔۔ دہلی کے روشن آرا کلب میں۔ دونوں ہالی ووڈ سے یہاں ہندستانی فوجوں کو محظوظ کرنے کے لیے آئی تھیں۔ (جی چاہتا ہے بیورلی نلکس کو پکڑ کر کھا جاؤں۔)

بیورلی نلکس کو نہیں جانتیں۔

اس نے ہمارے متعلق ایک سخت بے ہودہ کتاب لکھی ہے۔

اچھا۔۔۔ میں کتابیں نہیں پڑھا کرتی۔

ارے۔۔۔ پھر کیا کرتی ہو؟

کچھ نہیں۔

اوہ!

ہلو چلو۔۔۔ پچ پچ پچ

سیلما یہ کس کا اتنا سویٹ بچہ ہے۔

میرا۔

تم۔۔۔ ہا۔۔۔ را؟

ہاں۔ کوئی اعتراض؟

یقیناً نہیں۔

(تم ایک زبردست سماجی انقلاب کی قائل ہو۔)

بھئی اللہ۔۔۔ واقعی۔۔۔ افوہ۔۔۔ کیا ہو رہا ہے؟

فلسفۂ حیات کی تفسیر۔

اہم۔۔۔ کب سے؟

یہ میں ایک جدید طرز کی نظم لکھ رہی ہوں (ایک سفید فام بال روم ڈانسر سے متاثر ہو کے)۔

فرمایئے۔

یہ۔۔۔ آ سیلما مارینا۔۔۔ آج کی رات (جسے محض آج کی رات سمجھ)۔

اے اجنبی عورت۔

ٹھیرو۔ اس رفتار سے بہت دیر لگے گی۔ لکھو: یہ دنیا ایک کینٹین ہے۔
یا میونسپلٹی کا دفتر۔
اور زندگی
ایک آرمی کنٹریکٹر کے بھاری ٹرک کا گھومتا ہوا پہیہ گوالیار پوٹری کا
خوب صورت شکردان جس کا
چینی کا روغن بہت جلد اتر جاتا ہے۔
چنانچہ میں چپ کھڑا ہوں زندگی کے موڑ پر
اور آمری جان مرے پاس دریچے کے قریب
یہ ڈرائنگ روم ہے۔
اور یہ پائپ ہے مرا
اے اجنبی عورت
۔۔۔ ٹھیرو۔ یہ تو تم چرا رہے ہو صفا۔
چپ چاپ سنتی رہو۔ آگے لکھو۔
ساقی کی اک نگاہ پہ لہرا کے پی گیا۔
رحمت کو باتوں باتوں میں بہلا کے پی گیا۔
ارے میاں گھبرا کے پی گیا۔ اجی ٹھکرا کے پی گیا
یہ راشدؔ کی مشہور غزل ہے۔
یہ راشدؔ کی نہیں جگرؔ کی مشہور غزل ہے۔
اچھا آپ میری جان پر کرم کیجئے۔
لیکن مجھے آپ سے کچھ عرض کرنا ہے۔

ارشاد!

کیا آپ واقعی عارف سے، اس نامعقول سے، جس کے آگے سارے کافی ہاؤس ڈینڈی پانی بھرتے ہیں، (اور جو بے انتہا سٹائل سے ہکلا کر پائپ پیتے ہوئے خالص ولایتی انگریزی بولتا ہے) شادی کر رہی ہیں؟

جی (اور کل تک آپ اس کی ترجمانی اور نمائندگی فرما رہے تھے)۔

لیکن۔۔۔

اچھا کمال صاحب ایک کام کیجئے۔ یہاں سے تشریف لے جایئے فی الحال۔۔۔

اوہ لال لا۔ یہ کتنے خوش رنگ پیارے سے پھول ہیں۔ کہاں سے خریدے؟

شکریہ۔ ہمارے ہاں پھول خریدے نہیں جاتے۔ میرے منگیتر نے اپنے باغ سے صبح بھیجے تھے۔ (ہماری دکانوں میں صرف مصنوعی پھول بکتے ہیں)۔

اوہ۔۔۔ تمہارا منگیتر۔۔۔ آفیشیل فیانسے آئی مین۔

ہاں۔۔۔ اس سے ملو۔ دفتر سے آکر صوفے پر بے حد اکتایا ہوا سا بیٹھا ہے۔ جوائنٹ مجسٹریٹ ہے یا اسی قسم کا کوئی بڑا سا کام کرتا ہے اور آنکھوں ہی آنکھوں میں مجھ پر ایسا رعب ڈالنا چاہتا ہے جیسے مجھ سے شادی کر کے مجھ پر بڑا عظیم الشان احسان کرنے والا ہے۔ سلی گوس۔

ہماری منگنی کی اطلاع گذشتہ مہینے آفیشیل طور پر اخباروں میں چھپ چکی ہے لیکن ہم نے اب تک بہت کم باتیں کی ہیں۔ (موسم اور سینما کے متعلق۔) ہم دونوں اپنی اپنی جگہ پر بہترین قسم کے منگیتر ثابت ہوئے ہیں۔ کرکٹ اور مثالی۔ وہ ستر میل کی رفتار سے کبھی ڈرائیو نہیں کرتا۔ پن اپ گرلز کی تصویروں سے کوئی دل چسپی نہیں۔ پکچرز کو مووِیز یا فلیکس کہتے اسے نہیں سنا گیا۔ چار آنہ پوائنٹ سے بھی برج نہیں کھیلتا۔ صبح بہت جلد اٹھ

جاتا ہے۔ سگریٹ کے دھوئیں کے حلقے ہرگز نہیں بناتا۔(اور کمال صاحب جو کچھ اس کے متعلق بیان کرتے ہیں وہ بالکل غلط ہے۔)یَس اور نو کو یپ اور نوپ نہیں کہتا۔ ہم دونوں کا جب کسی دوسری جگہ پر ملنا ہو جاتا ہے تو دونوں فوراً از راہ اخلاق تھوڑا سا شرما کر دوسروں سے مختلف بیحد ضروری باتوں میں مصروف ہو جاتے ہیں (اسی لئے میں تم سے یہ باتیں کر رہی ہوں)

مجھے انتہائی مسرت ہوئی تمہارے منگیتر سے مل کر۔

اور یہ کمال صاحب ہیں۔ آپ چار پانچ لڑکیوں سے بہ یک وقت عشق فرماتے ہیں اور ہر تیسرے منٹ پر شعر پڑھتے ہیں۔

شعر!

ہاں! ہمارے ہاں کے ڈون جوَن شاعروں اور کتابوں کے حوالے بہت دیتے ہیں اور اپنا مطلب بعد میں بیان کرتے ہیں۔

اس کم عمری میں خاصا وسیع تجربہ رکھتی ہو۔ یہ بھی تمہارے ملک کی خاصیت ہے۔

دراصل ہمارے خطۂ زمین کی گرم ٹراپیکل آب وہوا کی وجہ سے۔۔۔

قطعی۔۔۔

تم لپ سٹک کیوں استعمال کرتی ہو؟

تم بھی تو۔۔۔

لیکن میں محض ایک بال روم ڈانسر ہوں۔ ہمارے ہاں کوئی اعلیٰ خاندان لڑکی میک اپ کا استعمال نہیں کرتی۔

تم نے زندگی کو جمالیاتی احساسات سے علاحدہ کر دیا ہے اور ہم جذبات واحساسات پر مرتے ہیں۔ آرٹ اور خوب صورتی کے پرستار ہیں۔ (تم نے لکھنؤ آرٹ اسکول کی

نمائش دیکھی ہو گی۔)

یقیناً۔ یہی وجہ ہے کہ تمہارے کافی ہاؤس آرٹ اور خوب صورتی کے پرستاروں سے پُر ہوتے ہیں۔

اوہ سیلما، نہ جانے تمہارے کیسے خیالات ہیں۔ تمہارے علاوہ کوئی اور غیر ملکی، خصوصاً یہ امریکن، جب ہم سے ملتے ہیں ایک ایک چیز کی تعریف میں بس مرے جاتے ہیں ہماری رنگ برنگی ساڑیاں، ہمارے سیاہ لمبے لمبے بالوں میں سجے ہوئے کنول اور یاسمین کے پھول، ہمارے منی پوری رقص۔ وہ کہتے ہیں کہ چغتائی کے نقوش اور ابھاروں میں جان پڑ گئی ہے۔ (اس اتوار کو ایسٹ اینڈ ویسٹ فریٹرنیٹی کی میٹنگ میں چلنا۔ تمہارے خیالات ٹھیک ہو جائیں گے۔)

اور یہ میرا بھائی ہے۔ فوج میں تھا لیکن جب ہمارے یہاں ٹھیکوں کا کام حد سے زیادہ بڑھ گیا تو وہ کسی ترکیب سے ملازمت چھوڑ کر گھر آ گیا۔ بڑی بڑی تجارتی اور قومی فائدے کی اسکیمیں ہیں اس کے دماغ میں۔ علی گڑھ میں میڈیکل کالج قائم ہو جانے پر وہاں ایک کافی ہاؤس کھولے گا (تاکہ ملّت کے فرزندوں کو اسٹیشن جانے سے نجات ملے) اور پھر اعلیٰ کاروباری تجربہ حاصل کرنے کے واسطے امریکہ جائے گا۔

پارٹ تھری۔۔۔ فائنل

اپنے نیلے پردوں والے دریچے میں سے صرف ایک بار اور جھانک لو۔۔۔ آخری بار۔۔۔ پھر جب تمہیں نیند آ جائے گی اس وقت ساحل بہت پیچھے رہ چکا ہو گا۔ اس گیت کی لہریں تمہیں فراموش کر دیں گی جن کے سہارے بہار کا چاند آسمان کا چکّر لگاتا ہے۔ آہستہ آہستہ قدم رکھو۔ سمندر کی موجیں ریت پر اپنے نشان چھوڑتی ہوئی گزر رہی ہیں۔۔۔ بہت دور تمہاری خوابوں کی کشتی سمندر کی ایک اجنبی کرخت چٹان سے ٹکرا کر

ڈوب چکی ہے۔ اس کے ٹوٹنے کی آواز، لہروں کا غمگین نغمہ، اب بھی تمہیں سنائی دے رہا ہے۔ دھوئیں کے ان نیلے بادلوں کے پرے سے کوئی تمہیں پکار رہا ہے۔ آخری بار انہیں جواب دے دو۔ پھر وہ آوازیں واپس چلی جائیں گی۔ اپنا دریچہ بند کرنے سے پہلے سوچو، وہ لمحے، وہ گیت جو تم انہیں نہ دے سکیں۔ وہ بہت آگے نکل چکیں۔ ان کا پیچھا کرنے کی تم میں ہمت نہیں۔ اس شکست کا خیال کرو جو ایک شاہین کو ایک اونچی چٹان پر سے گرتے ہوئے محسوس ہو سکتی ہے۔

وہ راہیں کہاں کھو گئیں جن کے سبز کناروں پر مسرتوں کے جوان اور خوب صورت چرواہے اپنی رنگین بانسریاں بجایا کرتے تھے اور جہاں پہاڑیوں کے پرے سے روپہلی تلواروں کی جھنکاریں سنائی دیتی تھیں۔ اپنی آنکھیں بند کرلو۔ اپنی پگڈنڈیوں پر سے اترتے ہوئے ہم نے چٹانوں کے اونچے ایوان سجائے تھے۔ ہم ان چٹانوں پر کھڑے تھے لیکن ہمارے پرچم مخالف طوفانی ہواؤں کا مقابلہ نہ کرسکے اور آج جب کہ تم زرد بالوں اور نیلی آنکھوں والے سیگفریڈ سے بہت دور ہو جو تمہارے دریچے کے نیچے آتا ہے وہ سیگفریڈ ہوتا ہے۔ سیلما، سیلما۔۔۔

۔۔۔ قوّہ۔۔۔ ہل۔۔۔ وہ سستی سی دوغلی چھوکری جو ہماری کینٹین کے ہندوستانی کنٹریکٹر کو پرنس کے اسٹال پر چوکوبارز بیچتی ہوئی مل گئی تھی۔

ہنری! مجھے پچاس روپے چاہئیں۔

ہم۔۔۔ نہیں دے سکتا۔

ایک ہفتے سے مانگ رہی ہوں۔

میرے پاس نہیں ہیں۔ اپنے کالے ہندوستانی دوستوں سے لو۔

تم بے حد سور ہو۔

اور تم شیطان کی سگی بیٹی۔۔۔ فائی فائی۔۔۔ فو۔۔۔ (جنگ ختم ہوگئی۔ ہم فاتح ہیں۔)

فائی۔۔۔ فو۔۔۔ جنگ ختم ہوگئی۔۔۔ خدایا تیرا شکر۔ آج شام کو ہم چراغاں دیکھنے حضرت گنج چلیں گے۔ اور پھر امبیسڈر۔

اوفوہ۔۔۔ کتنے خوش ہیں ہم آج۔ اور سیلما تم چرچ کے لیے اب تک تیار نہیں ہوئیں۔ چھاؤنی کی طویل اور چمکیلی سڑکوں پر پولس کی گارو خاموشی سے ٹہل رہی ہے کیوں کہ گورنر شکرانے کی سروس کے لیے سینٹ پال جانے والا ہے اور مہاراجہ جہانگیر آباد کی لمبی سیاہ کار کسی انتظام کے سلسلے میں ان سڑکوں پر سے بار بار تیزی سے گزر رہی ہے اور ان کی کوٹھی کے پھاٹک میں سے نکل کر کلکتہ لامارٹیز کے سیاہ پوش لڑکے قطار در قطار سیٹیاں بجاتے چرچ جارہے ہیں۔ لفٹ رائٹ۔ لفٹ۔۔۔ رائٹ۔۔۔ او خدا۔ ہماری آزمائش کا صبر آزمازمانۂ نصرت کے ترانے گاتا ہوا آج آخر ختم ہوگیا۔ ظلم اور تشدد کی اندھیری طاقتوں کے طوفان کے مقابلے میں ہم اور ہمارے ساتھیوں نے کتنی عظیم الشان قربانیاں پیش کیں، مصائب کا کیسی بہادری اور مسکراہٹ کے ساتھ سامنا کیا۔۔۔ اور کیا مضائقہ تھا جو ہندوستان کے ایک پست سے طبقے کے چند لاکھ نفوس (جو صدیوں سے چاول کھا کھا کر زمین پر رینگتے آتے تھے اور جنہیں ٹنڈ فروٹ کھانے کی تمیز نہیں تھی) سڑکوں پر لیٹ لیٹ کر مر گیے، یا جنہوں نے دہلی کلاتھ ملز کے دروازوں پر بلوے کر کے غیر ملکیوں کو کتابیں لکھنے اور کمیونسٹوں کے گوناگوں تفکرات میں اضافہ کرنے کا موقع بہم پہنچایا۔

یہ ہماری طرف سے آزادی اور جمہوریت کی قربان گاہ پر ایک معمولی سی پیش کش تھی جسے اکابرِ ثلاثہ نے زراہِ لطف و کرم قبول فرمایا۔ ہم اپنی کوششوں میں اپنے ساتھی

ملکوں سے پیچھے نہیں رہے۔ (دیکھو ریڈیو اسٹیشن، کونسل چیمبر، گنج کی اونچی اونچی عمارتوں اور ہماری موٹروں پر ہماری اتحادی قوموں کے پرچم کس خوب صورتی سے لہرا رہے ہیں۔) یونین جیک اپنی کار پر لگانے کے لیے تم بھی خرید لو۔ صرف ساڑھے چار آنے کا ہے۔) ہنہ۔۔۔ تم۔۔۔ تم جو ہمیں چین اور روس کی عورتوں کے کارنامے سناتے ہو۔

چین اور روس۔۔۔ کیا تمہیں نہیں معلوم کہ ہفتوں۔۔۔ دن۔۔۔ دن اور رات۔۔۔ رات رات بھر ریڈ کراس پارٹیوں کے ساتھ بعض مرتبہ صرف ٹن کے پھلوں اور کریم کریکرز پر گزارہ کر کے ہم نے محاذ پر بھیجنے کے لیے اونی چیزیں، مٹھائیاں اور تحفوں کی پارسلیں تیار کیں۔ اے۔ آر۔ پی۔ کی ریہرسلوں کے بعد گورنمنٹ ہاؤس کی پارٹیوں کا انتظام کیا۔ ہفتے میں صرف ایک بار سینما دیکھا اور باقی کے روپے سے رسالے اور کتابیں خرید کر ہسپتالوں میں بھیجیں۔ اس کے علاوہ بنگال ریلیف کے لیے ٹیگور اور شا کے ڈرامے اسٹیج کیے۔ ہوسٹل میں شان دار مشاعرے منعقد کروائے۔ ہم نے دنیا کو جمہوریت کے لیے محفوظ بنایا ہے۔ ہم ایک نئے دور کے پیغامبر ہیں۔ یہ امن اور صلح کی خوش گوار دنیا ہے۔ ایٹم بم کی نئی دنیا (جس میں پاکستان کے خواب دیکھنا انتہائی حماقت ہے)۔ زندہ باد اخوتِ انسانی۔ پائندہ باد عالمگیر جمہوریت۔۔۔

فائی۔۔۔ فو۔۔۔ جنگ ختم ہوگئی۔۔۔ میں بے ہوش ہوئی جارہی ہوں۔۔۔ Horror۔۔۔horror جنگ ختم ہوگئی۔۔۔ اس نے کہا۔ اور تم فاتح ہو۔۔۔ یہ تمہارے جشنِ فتح کی رات ہے اور تم انگریز ہو اور میں جرمن۔۔۔ تم میرے پاس رقص کے لیے آؤ گے۔ میں تمہیں پیار کروں گی۔۔۔ تم مجھے چوئنگ گم دو گے اور پھر میں تمہیں۔۔۔ جانتے ہو۔۔۔ میں تمہیں شوٹ کر دوں گی۔۔۔ بڑی آسان بات ہے۔ میں تمہیں اس ریوالور کے ذریعے (جو اصل جرمن ساخت کا ہے اور جسے سیگفریڈ نے ہٹلر یوتھ میں شامل

ہو کر اپنے قصبے سے رخصت ہونے والی صبح شراب خانے کے مالک سے خریدا تھا) شوٹ کردوں گی۔ پھر تم مر جاؤ گے۔ ایک کے بعد ایک۔ اسکاس کی بوتلیں لنڈھاتے ہوئے۔۔۔ کینٹین میں کھلبلی مچ جائے گی۔ ملٹری پولس کی لاریاں اور ایمبولینس کاریں چاروں طرف دوڑنے لگیں گی۔ تمہارا آفیسر کمانڈنگ اس ہندوستانی آئی۔ سی۔ ایس کو جو اس کیمپ کا انچارج ہے، اور وہ ہندوستان آئی۔ سی۔ ایس۔ اپنی منگیتر اس لڑکی کو یہ دہشت ناک خبر سنائے گا اور پھر وہ بے ہوش ہو جائے گی۔ سب بے ہوش ہو جائیں گے۔ او خدا۔۔ کس قدر لذیذ، مسرت بخش خیال ہے۔ پھر اس نے سچ مچ تین گوروں پر ریوالور سے حملہ کر دیا۔ اُف کمال۔۔۔ کمال!

ایں۔۔۔ جان سے مار ڈالا۔ اور تم واقعی بے ہوش ہوئی جا رہی ہو۔۔۔ (کس قدر دل کش انداز ہے۔۔۔ کاش میں شاعر ہوتا۔ علاوہ ازیں تم اس وقت قطعی ان بے انتہا ترقی پسند افسانہ نگار خاتون کی طرح ایکٹ کر رہی ہو جنہیں پچھلے دنوں ریڈیو اسٹیشن پر سیاہ رومینٹک برقعے میں ملفوف ایک ڈرامے میں حصہ لیتے ہوئے مائیکروفون پر براڈکاسٹ کے دوران میں ایک مرد آرٹسٹ کی زبانی خود کو لفظ "پیاری" سے مخاطب ہوتے سن کر فی الفور غش آگیا تھا۔) یقین کرو تمہاری دوست کی اس سنسنی خیز حرکت سے میرے قلب کو انتہائی صدمہ پہنچا۔ (لیکن مشیتِ ایزدی میں کیا چارہ ہے؟)

(کتنا لمبا جملہ تھا۔ اس کے ختم ہونے کا انتظار کرتی رہی)۔

shocking اور پھر جب عارف معائنے کے لیے موقعۂ واردات پر پہنچا تو شیطان کا چھوٹا بھائی وہ کم بخت بچہ اسے دیکھتے ہی پپّا پپّا کہتے ہوئے چلّا چلّا کر دیر تک روتا رہا۔ اُف (فائی فو)

ایں۔۔۔ (فائی فو!) لالہ۔۔۔ تمہاری دھندلی سی سبز چھلکتی ہوئی آنکھیں آنسو

گرانے پر آمادہ نظر آتی ہیں۔

وہ بچّہ۔۔۔اور۔۔۔عارف۔۔۔!

یہ بھی زندگی کے کاروبار کی ایک شاخ ہے (یعنی برانچ آفس)۔ رومان اور سچائی۔۔۔ اور یہ تمام خرافات زندگی کے خالص تجارتی پروگرام میں قطعی نہیں سما سکتیں۔ (لہٰذا لالہ رخ پیاری) اس شاکنگ واقعہ کو بھول کر گومتی کے پُرسکون پانیوں پر چلو جہاں میں تمہیں وہ جاپانی نظم سناؤں گا جو شنتو فو کی رات میں یاماشیٹا کے سائے تلے فیوجی کومارو کے ساز پر گائی جاتی ہے۔

ہم تین دوست ہیں۔ میں اور میرا سایہ اور زرد چاند (فائی فو) شپ۔۔۔ فائی فو۔۔۔ فائی فو۔

***

۶

پت جھڑ کی آواز

صبح میں گلی کے دروازے میں کھڑی سبزی والے سے گوبھی کی قیمت پر جھگڑ رہی تھی۔ اوپر باورچی خانے میں دال چاول ابالنے کے لیے چڑھا دیئے تھے۔ ملازم سودا لینے کے لیے بازار جا چکا تھا۔ غسل خانے میں وقار صاحب چینی کی چمچی کے اوپر لگے ہوئے مدھم آئینے میں اپنی صورت دیکھتے ہوئے گنگنا رہے تھے اور شیو کرتے جاتے تھے۔ میں سبزی والے سے بحث کرنے کے ساتھ ساتھ سوچنے میں مصروف تھی کہ رات کے کھانے کے لیے کیا کیا تیار کیا جائے۔ اتنے میں سامنے ایک کار آن کر رکی۔ ایک لڑکی نے کھڑکی سے جھانکا اور پھر دروازہ کھول کر باہر اتر آئی۔ میں پیسے گن رہی تھی۔ اس لیے میں نے اسے نہ دیکھا۔ وہ ایک قدم آگے بڑھی۔ اب میں نے سر اٹھا کر اس پر نظر ڈالی۔

"ارے۔۔۔ تم۔۔۔" اس نے ہکا بکا ہو کر کہا اور وہیں ٹھٹھک کر رہ گئی۔ ایسا لگا جیسے وہ مدتوں سے مجھے مردہ تصور کر چکی ہے، اور اب میرا بھوت اس کے سامنے کھڑا ہے۔ اس کی آنکھوں میں ایک لحظہ کے لیے جو دہشت میں نے دیکھی اس کی یاد نے مجھے باولا کر دیا ہے۔ میں تو سوچ سوچ کے دیوانی ہو جاؤں گی۔

یہ لڑکی (اس کا نام ذہن میں محفوظ نہیں، اور اس وقت میں نے جھینپ کے مارے اس سے پوچھا بھی نہیں، ورنہ وہ کتنا برا مانتی) میرے ساتھ دلی کے کوئین میری میں پڑھتی

تھی۔ یہ بیس سال پہلے کی بات ہے۔ میں اس وقت کوئی سترہ سال کی رہی ہوں گی۔ مگر میری صحت اتنی اچھی تھی کہ اپنی عمر سے کہیں بڑی معلوم ہوتی تھی، اور میری خوب صورتی کی دھوم مچنی شروع ہوچکی تھی۔ دلّی میں قاعدہ تھا کہ لڑکے والیاں اسکول اسکول گھوم کے لڑکیاں پسند کرتی پھرتی تھیں، اور جو لڑکی پسند آتی تھی اس کے گھر رقعہ بھجوادیا جاتا تھا۔

اسی زمانے میں مجھے معلوم ہوا کہ اس لڑکی کی ماں، خالہ وغیرہ نے مجھے پسند کرلیا ہے (اسکول ڈے کے جلسے کے روز دیکھ کر) اور اب وہ مجھے بہو بنانے پر تلی بیٹھی ہیں۔ یہ لوگ نور جہاں روڈ پر رہتے تھے اور لڑکا حال ہی میں ریزروبنک آف انڈیا میں دوڈیڑھ سو روپے ماہوار کا نوکر ہوا تھا۔ چنانچہ رقعہ میرے گھر بھجوایا گیا۔ مگر میری اماں جان میرے لیے بڑے اونچے خواب دیکھ رہی تھیں۔ میرے والدین دلّی سے باہر میرٹھ میں رہتے تھے اور ابھی میرے بیاہ کا کوئی سوال ہی پیدا نہ ہوتا تھا لہٰذا وہ پیغام فی الفور نامنظور کردیا گیا۔

اس کے بعد اس لڑکی نے کچھ عرصے میرے ساتھ کالج میں بھی پڑھا۔ پھر اس کی شادی ہوگئی اور وہ کالج چھوڑ کر چلی گئی۔ آج اتنے عرصے بعد لاہور کی مال روڈ کے پچھواڑے اس گلی میں میری اس سے مڈبھیڑ ہوئی۔ میں نے اس سے کہا، "اوپر آؤ۔۔۔ چائے وائے پیو۔ پھر اطمینان سے بیٹھ کر باتیں کریں گے۔ لیکن اس نے کہا، میں جلدی میں کسی سسرالی رشتے دار کا مکان تلاش کرتی ہوئی اس گلی میں آنکلی تھی۔ انشاء اللہ پھر کبھی ضرور آؤں گی۔"

اس کے بعد وہیں کھڑے کھڑے اس نے جلدی جلدی نام بنام ساری پرانی دوستوں کے قصے سنائے۔ کون کہاں ہے اور کیا کررہی ہے۔ سلیمہ بریگیڈیر فلاں کی بیوی ہے۔ چار بچے ہیں۔ فرخندہ کا میاں فارن سروس میں ہے۔ اس کی بڑی لڑکی لندن میں پڑھ

رہی ہے۔ ریحانہ فلاں کالج میں پرنسپل ہے۔ سعدیہ امریکہ سے ڈھیروں ڈگریاں لے آئی ہے اور کراچی میں کسی اونچی ملازمت پر براجمان ہے۔ کالج کی ہندو ساتھیوں کے حالات سے بھی وہ باخبر تھی۔ پربھا کا میاں انڈین نیوی میں کموڈور ہے۔ وہ بمبئی میں رہتی ہے۔ سرلا آل انڈیا ریڈیو میں اسٹیشن ڈائرکٹر ہے اور جنوبی ہند میں کہیں تعینات ہے۔ لوتیکا بڑی مشہور آرٹسٹ بن چکی ہے اور نئی دلی میں اس کا اسٹوڈیو ہے، وغیرہ وغیرہ۔ وہ یہ سب باتیں کر رہی تھی مگر اس کی آنکھوں کی اس دہشت کو میں نہ بھول سکی۔

اس نے کہا، "میں سعدیہ، ریحانہ وغیرہ جب بھی کراچی میں اکٹھے ہوتے ہیں تمہیں برابر یاد کرتے ہیں۔"

"واقعی۔۔۔؟" میں نے کھوکھلی ہنسی ہنس کر پوچھا۔ معلوم تھا مجھے کن الفاظ میں یاد کیا جاتا ہوگا۔ پچھل پائیاں، ارے کیا یہ لوگ میری سہیلیاں تھیں؟ عورتیں دراصل ایک دوسرے کے حق میں چڑیلیں ہوتی ہیں۔ کٹنیاں، حرافائیں، اس نے مجھ سے یہ بھی نہیں دریافت کیا کہ میں یہاں نیم تاریک سنسان گلی میں اس کھنڈر ایسے مکان کے شکستہ زینے پر کیا کر رہی ہوں، اسے معلوم تھا۔

عورتوں کی انٹلی جنس سروس اتنی زبردست ہوتی ہے کہ انٹرپول بھی اس کے آگے پانی بھرے، اور پھر میرا قصہ تو الم نشرح ہے۔ میری حیثیت کوئی قابل ذکر نہیں گمنام ہستی ہوں۔ اس لیے کسی کو میری پروا نہیں۔ خود مجھے بھی اپنی پروا نہیں۔

میں تنویر فاطمہ ہوں۔ میرے ابا میرٹھ کے رہنے والے تھے۔ معمولی حیثیت کے زمین دار تھے۔ ہمارے یہاں بڑا سخت پردہ کیا جاتا تھا۔ خود میرا میرے چچازاد، پھوپھی زاد بھائیوں سے پردہ تھا۔ میں بے انتہا لاڈوں کی پلی چہیتی لڑکی تھی۔ جب میں نے اسکول میں بہت سے وظیفے حاصل کر لیے تو میٹرک کرنے کے لیے خاص طور پر میرا داخلہ کوئین

میری اسکول میں کرایا گیا۔ انٹر کے لیے میں علی گڑھ بھیج دی گئی۔ علی گڑھ گرلز کالج کا زمانہ میری زندگی کا بہترین دور تھا کیسا خواب آگیں دور تھا۔ میں جذبات پرست نہیں لیکن اب بھی جب کالج کا صحن، روشیں، گھاس کے اونچے پودے، درختوں پر جھکی بارش، نمائش کے میدان میں گھومتے ہوئے کالے برقعوں کے پرے، ہوسٹل کے پتلے پتلے برآمدوں چھوٹے چھوٹے کمروں کی وہ شدید گھریلو فضائیں یاد آتی ہیں تو جی ڈوب سا جاتا ہے۔

ایم۔ ایس۔ سی کے لیے میں پھر دلی آگئی۔ یہاں کالج میں میرے ساتھ یہی سب لڑکیاں پڑھتی تھیں۔ ریحانہ، سعدیہ، پربھا، فلانی، ڈھماکی، مجھے لڑکیاں کبھی پسند نہ آئیں۔ مجھے دنیا میں زیادہ تر لوگ پسند نہیں آئے۔ بیش تر لوگ محض تضیع اوقات ہیں۔ میں بہت مغرور تھی۔ حسن ایسی چیز ہے کہ انسان کا دماغ خراب ہوتے دیر نہیں لگتی۔ پھر میں تو بقول شخصے لاکھوں میں ایک تھی۔ شیشے کا ایسا جھلکتا ہوا رنگ سرخی مائل سنہرے بال۔ بے حد شان دار ڈیل ڈول بنارسی ساری پہن لوں تو بالکل کہیں کی مہارانی معلوم ہوتی تھی۔

یہ جنگ کا زمانہ تھا، یا شاید جنگ اسی سال ختم ہوئی تھی۔ مجھے اچھی طرح یاد نہیں۔ بہر حال دلی پر بہار آئی ہوئی تھی۔ کروڑپتی کاروباریوں اور حکومت ہند کے اعلیٰ افسروں کی لڑکیاں۔۔۔ ہندو، سکھ، مسلمان۔۔۔ لمبی لمبی موٹروں میں اڑی اڑی پھرتیں نت نئی پارٹیاں، جلسے، ہنگامے، آج اندرپرستھ کالج میں ڈراما ہے، کل میرانڈا ہاؤس میں، پرسوں لیڈی اِرون کالج میں کونسرٹ ہے۔ لیڈی ہارڈنگ اور سینٹ اسٹیفن کالج۔۔۔ چیمسفرڈ کلب، روشن آرا، امپریل جم خانہ، غرض کہ ہر طرف الف لیلہ کے باب بکھرے پڑے تھے۔ ہر جگہ نوجوان فوجی افسروں اور سول سروس کے بن بیاہے عہدے داروں کے پرے ڈولتے نظر آتے۔ ایک ہنگامہ تھا۔

پربھا اور سرلا کے ہم راہ ایک روز میں دلجیت کور کے یہاں جو ایک کروڑ پتی کنٹریکٹر کی لڑکی تھی کنگ ایڈورڈ روڈ کی ایک شان دار کوٹھی میں گارڈن پارٹی کے لیے مدعو تھی۔

یہاں میری ملاقات میجر خوشوقت سنگھ سے ہوئی۔ یہ جھانسی کی طرف کا چوہان راجپوت تھا۔ لمبا تڑنگا کالا بھجنگ، لانبی لانبی اوپر کو مڑی ہوئی نوکیلی مونچھیں، بے حد چمکیلے اور خوب صورت دانت، ہنستا تو بہت اچھا لگتا۔ غالب کا پرستار تھا، بات بات پر شعر پڑھتا، قہقہے لگاتا اور جھک جھک کر بے حد اخلاق سے سب سے باتیں کرتا۔ اس نے ہم کو دوسرے روز سنیما چلنے کی دعوت دی۔ سرلا، پربھا، وغیرہ ایک بد دماغ لڑکیاں تھیں اور خاصی قدامت پسند، وہ لڑکوں کے ساتھ باہر گھومنے بالکل نہیں جاتی تھیں۔ خوش وقت سنگھ، دلجیت کے بھائی کا دوست تھا۔ میری سمجھ میں نہیں آیا کہ اسے کیا جواب دوں کہ اتنے میں سرلا نے چپکے سے کہا۔۔۔ "خوش وقت سنگھ کے ساتھ ہرگز سنیما مت جانا۔۔۔ سخت لوفر لڑکا ہے۔۔۔" میں چپ ہو گئی۔

اس زمانے میں نئی دلی کی دو ایک آوارہ لڑکیوں کے قصے بہت مشہور ہو رہے تھے اور میں سوچ سوچ کر ڈرا کرتی تھی۔ شریف گھرانوں کی لڑکیاں اپنے ماں باپ کی آنکھوں میں دھول جھونک کر کس طرح لوگوں کے ساتھ رنگ رلیاں مناتی ہیں۔ ہوسٹل میں ہم اکثر اس قسم کی لڑکیوں کے لیے قیاس آرائیاں کیا کرتے یہ بڑی عجیب اور پر اسرار ہستیاں معلوم ہوتیں۔ حالانکہ دیکھنے میں وہ بھی ہماری طرح ہی کی لڑکیاں تھیں۔ ساڑیوں اور شلواروں میں ملبوس۔ طرح دار، خوب صورت پڑھی لکھی۔

"لوگ بدنام کر دیتے ہیں جی۔۔۔" سعد یہ دماغ پر بہت زور ڈال کر کہتی۔۔۔ "اب ایسا بھی کیا ہے۔"

"دراصل ہماری سوسائٹی اس قابل ہی نہیں ہوئی کہ تعلیم یافتہ لڑکیوں کو ہضم

کر سکے۔۔۔" سرلا کہتی۔ "ہوتا یہ ہے کہ لڑکیاں احساس توازن کھو بیٹھتی ہیں" ریحانہ رائے دیتی۔

بہر حال کسی طرح یقین نہ آتا کہ یہ ہماری جیسی، ہمارے ساتھ کی چند لڑکیاں ایسی ایسی خوف ناک حرکتیں کس طرح کرتی ہیں۔

دوسری شام میں لیبارٹری کی طرف جارہی تھی کہ نکلسن میموریل کے قریب ایک قرمزی رنگ کی لمبی سی کار آہستہ سے رک گئی۔ اس میں سے خوشوقت سنگھ نے جھانکا اور اندھیرے میں اس کے خوب صورت دانت جھلملائے۔ "اجی حضرت! یوں کہیے کہ آپ اپنا اپوائیٹمنٹ بھول گئیں!"

"جی۔۔۔!" میں نے ہڑبڑا کر کہا۔ "حضور والا۔۔۔ چلیے میرے ساتھ فوراً۔ یہ شام کا وقت لیبارٹری میں گھس کر بیٹھنے کا نہیں ہے۔ اتنا پڑھ کر کیا کیجئے گا۔۔۔؟" میں نے بالکل غیر ارادی طور پر چاروں طرف دیکھا اور کار میں دبک کر بیٹھ گئی۔ ہم نے کناٹ پلیس جا کر ایک انگریزی فلم دیکھی۔

اس کے اگلے روز بھی۔۔۔

اس کے بعد ایک ہفتے تک میں نے خوب خوب سیریں اس کے ساتھ کیں۔ وہ میڈنز میں ٹھہرا ہوا تھا۔ اس ہفتے کے آخر تک میں میجر خوشوقت سنگھ کی مسٹریس بن چکی تھی۔

میں لٹریری نہیں ہوں، میں نے چینی، جاپانی، روسی، انگریزی یا اردو شاعری کا مطالعہ نہیں کیا۔ ادب پڑھنا میرے نزدیک وقت ضائع کرنا ہے۔۔۔ پندرہ برس کی عمر سے سائنس میرا اوڑھنا بچھونا رہا ہے۔ میں نہیں جانتی کہ مابعد الطبیعاتی تصوارت کیا ہوتے ہیں۔ Mystic کشش کے کیا معنی ہیں۔ شاعری اور فلسفے کے لیے نہ میرے پاس

فرصت جب تھی نہ اب ہے۔ میں بڑے بڑے مبہم، غیر واضح اور پر اسرار الفاظ بھی استعمال نہیں کرسکتی۔

بہر حال پندرہ روز کے اندر اندر یہ واقعہ بھی کم و بیش کالج میں سب کو معلوم ہو چکا تھا۔ لیکن مجھ میں اپنے اندر ہمیشہ سے بڑی عجیب سی خود اعتمادی تھی، میں نے اب پروا نہیں کی۔ پہلے بھی میں لوگوں سے بول چال بہت کم رکھتی تھی۔ سرلا وغیرہ کا گروہ اب مجھے ایسی نظروں سے دیکھتا گویا میں مریخ سے اتر کر آئی ہوں یا میرے سر پر سینگ ہیں۔ ڈائننگ ہال میں میرے باہر جانے کے بعد گھنٹوں میرے قصے دہرائے جاتے۔ اپنی انٹلی جنس سروس کے ذریعے میرے اور خوشوقت سنگھ کے بارے میں ان کو پل پل کی خبر رہتی۔ ہم لوگ شام کو کہاں گئے۔۔۔ رات نئی دلی کے کون سے بال روم میں ناچے (خوش وقت معرکے کا ڈانسر تھا۔ اس نے مجھے ناچنا بھی سکھا دیا تھا) خوشوقت نے مجھے کیا کیا تحائف کون کون سی دکانوں سے خرید کر دیئے۔

خوشوقت سنگھ مجھے مارتا بہت تھا اور مجھ سے اتنی محبت کرتا تھا جو آج تک دنیا میں کسی مرد نے کسی عورت سے نہ کی ہوگی۔

کئی مہینے گزر گئے۔ میرے ایم۔ ایس۔ سی پریویس کے امتحان سر پر آگئے اور میں پڑھنے میں مصروف ہوگئی۔ امتحانات کے بعد اس نے کہا، "جان من۔۔۔ دل ربا! چلو کسی خاموش سے پہاڑ پر چلیں۔۔۔ سولن، ڈلہوزی، لینسڈاؤن۔۔۔" میں چند روز کے لیے میرٹھ گئی اور ابا سے یہ کہہ کر (اماں جان کا جب میں تھرڈ ایر میں تھی تو انتقال ہو گیا تھا) دلی واپس آگئی کہ فائنل ایر کے لیے بے حد پڑھائی کرنی ہے، شمالی ہند کے پہاڑی مقامات پر بہت سے شناساؤں کے ملنے کا امکان تھا اس لیے ہم دور جنوب میں اوٹی چلے گئے وہاں مہینہ بھر رہے۔ خوشوقت کی چھٹی ختم ہوگئی تو دلی واپس آکر تیمار پور کے ایک بنگلے میں ٹک

گئے۔

کالج کھلنے سے ایک ہفتہ قبل خوش وقت کی اور میری بڑی زبردست لڑائی ہوئی۔ اس نے مجھے خوب مارا۔ اتنا مارا کہ میرا سارا چہرہ لہولہان ہو گیا، اور میری بانہوں میں اور پنڈلیوں پر نیل پڑ گئے۔ لڑائی کی وجہ اس کی وہ مردار عیسائی منگیتر تھی جو جانے کہاں سے ٹپک پڑی تھی اور سارے میں میرے خلاف زہر اگلتی پھر رہی تھی۔ اگر اس کا بس چلتا تو مجھے کچا چبا جاتی۔ یہ چار سو بیس لڑکی جنگ کے زمانے میں فوج میں تھی اور خوشوقت کو برما کے محاذ پر ملی تھی۔ خوش وقت نے جانے کس طرح اس سے شادی کا وعدہ کر لیا تھا۔ لیکن مجھ سے ملنے کے بعد اب وہ اس کی انگوٹھی واپس کرنے پر تلا بیٹھا تھا۔

اس رات تیار پور کے اس سنسان بنگلے میں اس نے میرے آگے ہاتھ جوڑے اور رو رو کر مجھ سے کہا کہ میں اس سے بیاہ کر لوں، ورنہ وہ مر جائے گا۔ میں نے کہا ہرگز نہیں۔ قیامت تک نہیں۔ میں اعلیٰ خاندان سید زادی، بھلا اس کالے تمباکو کے پنڈے ہندو جاٹ سے بیاہ کر کے خاندان کے ماتھے پر کلنک کا ٹیکہ لگاتی۔ میں تو اس حسین و جمیل کسی بہت اونچے مسلمان گھرانے کے چشم و چراغ کے خواب دیکھ رہی تھی جو ایک روز دیر یا سویر برات لے کر مجھے بیاہنے آئے گا۔ ہمارا آرسی مصحف ہو گا۔ میں سہرے جلوے سے رخصت ہو کر اس کے گھر جاؤں گی۔ بجلی بسنت نندیں دروازے پر دہلیز روک کر اپنے بھائی سے نیگ کے لیے جھگڑیں گی۔ میراثنیں ڈھولک لیے کھڑی ہوں گی۔ کیا کیا کچھ ہو گا۔ میں نے کیا ہندو مسلم شادیوں کا حشر دیکھا نہیں تھا۔ کیوں نے ترقی پسند یا جذبۂ عشق کے جوش میں آکر ہندوؤں سے بیاہ رچائے اور سال بھر کے اندر جوتیوں میں دال بٹی۔ بچوں کا جو حشر خراب ہوا وہ الگ۔۔۔ نہ ادھر کے رہے نہ ادھر کے۔ میرے انکار پر خوشوقت نے جوتے لات سے مار مار کر میرا بھرکس نکال دیا اور تیسرے دن اس ڈائن کالی

بلا کیتھرین دھرم داس کے ساتھ آگرے چلا گیا جہاں اس نے اس بد ذات لڑکی سے سول میرج کرلی۔

جب میں نئی ٹرم کے آغاز پر ہوسٹل پہنچی تو اس حلیے سے کہ میرے سر اور چہرے پر پٹی بندھی ہوئی تھی۔ ابا کو میں نے لکھ بھیجا کہ لیبارٹری میں ایک تجربہ کررہی تھی، ایک خطرناک مادہ بھک سے اڑا اور اس سے میرا منہ تھوڑا سا جل گیا۔ اب بالکل ٹھیک ہوں۔ فکر نہ کیجئے۔

لڑکیوں کو تو سارا قصہ پہلے ہی معلوم ہو چکا تھا لہٰذا انہوں نے اخلاقاً میری خیریت بھی نہ پوچھی۔ اتنے بڑے اسکینڈل کے بعد مجھے ہوسٹل میں رہنے کی اجازت نہ دی جاتی مگر ہوسٹل کی وارڈن خوشوقت سنگھ کی بہت دوست تھی۔ اس لیے سب خاموش رہے۔ اس کے علاوہ کسی کے پاس کسی طرح کا ثبوت بھی نہ تھا۔ کالج کی لڑکیوں کو لوگ یوں بھی خواہ مخواہ بدنام کرنے پر تلے رہتے ہیں۔

مجھے وہ وقت اچھی طرح یاد ہے، جیسے کل کی بات ہو۔ صبح کے دس گیارہ بجے ہوں گے۔ ریلوے اسٹیشن سے لڑکیوں کے تانگے آ آکر پھاٹک میں داخل ہو رہے تھے۔ ہوسٹل کے لان پر برگد کے درخت کے نیچے لڑکیاں اپنا اپنا اسباب اتروا کر رکھوا رہی تھیں۔ بڑی سخت چل پوں مچا رکھی تھی۔ جس وقت میں اپنے تانگے سے اتری وہ میرا ڈھاٹے سے بندھا ہوا سفید چہرہ دیکھ کر ایسی حیرت زدہ ہوئیں جیسے سب کو سانپ سونگھ گیا ہو۔ میں نے سامان چوکیدار کے سر پر رکھوایا اور اپنے کمرے کی طرف چلی گئی۔

دوپہر کو جب میں کھانے کی میز پر آن کر بیٹھی تو ان قطاماؤں نے مجھ سے اس اخلاق سے ادھر ادھر کی باتیں شروع کیں جن سے اچھی طرح یہ ظاہر ہو جائے کہ میرے حادثے کی اصل وجہ جانتی ہیں اور مجھے ندامت سے بچانے کے لیے اس کا تذکرہ ہی نہیں

کر رہی ہیں۔ ان میں سے ایک نے جو اس چنڈال چوکڑی کی گرو اور ان سب کی استاد تھی، رات کو کھانے کی میز پر فیصلہ صادر کیا کہ میں نفسیات کی اصطلاح میں -Nympho Maniac ہوں (مجھے میری جاسوس کے ذریعے یہ اطلاع فوراً اوپر پہنچ گئی، جہاں میں اس وقت اپنے کمرے میں کھڑکی کے پاس ٹیبل لیمپ لگائے پڑھائی میں مصروف تھی) اور اس طرح کی باتیں تو اب عام تھیں کہ ایک مچھلی سارے جل کو گندا کرتی ہے۔ اسی لیے تو لڑکیوں کی بے پردگی آزادی خطرناک اور اعلیٰ تعلیم بدنام ہے وغیرہ وغیرہ۔

میں اپنی حد تک سو فی صدی ان آراء سے متفق تھی۔ میں خود سوچتی تھی کہ بعض اچھی خاصی بھلی چنگی اعلیٰ تعلیم یافتہ لڑکیاں آوارہ کیوں ہو جاتی ہیں۔ ایک تھیوری تھی کہ وہی لڑکیاں آوارہ ہوتی ہیں جن کا 'آئی۔ کیو' بہت کم ہوتا ہے۔ ذہین انسان کبھی اپنی تباہی کی طرف جان بوجھ کر قدم نہ اٹھائے گا۔ مگر میں نے تو اچھی خاصی سمجھ دار تیز و طرار لڑکیوں کو لوفری کرتے دیکھا تھا۔ دوسری تھیوری تھی کہ سیر و تفریح، روپے پیسے، عیش و آسایش کی زندگی، قیمتی تحائف کا لالچ، رومان کی تلاش، ایڈونچر کی خواہش، یا محض اکتاہٹ، یا پردے کی قید و بند کے بعد آزادی کی فضا میں داخل ہو کر پرانی اقدار سے بغاوت۔ اس صورت حال کی چند وجوہ ہیں۔ یہ سب باتیں ضرور ہوں گی ورنہ اور کیا وجہ ہو سکتی ہے؟

میں فرسٹ ٹرمنل امتحان سے فارغ ہوئی تھی کہ خوشوقت پھر آن پہنچا۔ اس نے مجھے لیبارٹیری فون کیا کہ میں نرولا میں چھ بجے اس سے ملوں۔ میں نے ایسا ہی کیا۔ وہ کیتھرین کو اپنے ماں باپ کے یہاں چھوڑ کر سرکاری کام سے دلی آیا تھا اس مرتبہ ہم ہوائی جہاز سے ایک ہفتے کے لیے بمبئی چلے گئے۔

اس کے بعد اس سے ہر دوسرے تیسرے مہینے ملنا ہوتا رہا۔ ایک سال نکل گیا، اب

کے سے جب وہ دلی آیا تو اس نے اپنے ایک جگری دوست کو مجھے لینے کے لیے موٹر لے کر بھیجا۔ کیونکہ وہ لکھنو سے لاہور جاتے ہوئے پالم پر چند گھنٹے کے لیے ٹھہرا تھا۔ یہ دوست دلی کے ایک بڑے مسلمان تاجر کا لڑکا تھا۔ لڑکا تو خیر نہیں کہنا چاہیے اس وقت بھی وہ چالیس کے پیٹے میں رہا ہو گا۔ بیوی بچوں والا۔ تاڑ کا سا قد بے حد غلط انگریزی بولتا تھا۔ کال، بد قطع، بالکل چڑی مار کی شکل، ہوش صفت۔

خوشوقت اب کی مرتبہ دلی سے گیا تو پھر کبھی واپس نہ آیا کیونکہ اب میں فاروق کی مسٹریس بن چکی تھی۔

فاروق کے ساتھ اب میں اس کی 'منگیتر' کی حیثیت سے باقاعدہ دلی کی اونچی سوسائٹی میں شامل ہو گئی۔ مسلمانوں میں تو چار شادیاں جائز ہیں لہٰذا یہ کوئی بہت بری بات نہ تھی۔ یعنی مذہب کے نقطہ نگاہ سے کہ وہ اپنی ان پڑھ، ادھیڑ عمر کی پردے کی بوبو کی موجودگی میں ایک تعلیم یافتہ لڑکی سے شادی کرنا چاہتا تھا جو چار آدمیوں میں ڈھنگ سے اٹھ بیٹھ سکے اور پھر دولت مند طبقے میں سب کچھ جائز ہے۔ یہ تو ہماری مڈل کلاس کے قوانین ہیں کہ یہ نہ کرو، وہ نہ کرو۔۔۔

طویل چھٹیوں کے زمانے میں فاروق نے بھی مجھے خوب سیریں کرائیں۔ کلکتہ، لکھنؤ، اجمیر، کون جگہ تھی جو میں نے اس کے ساتھ نہ دیکھی۔ اس نے مجھے ہیرے جواہرات کے گہنوں سے لاد دیا۔ ابا کو لکھ بھیجتی تھی کہ یونی ورسٹی کے طالب علموں کے ہمراہ ٹور پر جا رہی ہوں یا فلاں جگہ ایک سائنس کانفرنس میں شرکت کے لیے مجھے بلایا گیا ہے۔ لیکن ساتھ ہی ساتھ مجھے اپنا تعلیمی ریکارڈ اونچا رکھنے کی دھن تھی۔ فائنل امتحان میں میں نے بہت ہی خراب پرچے کیے اور امتحان ختم ہوتے ہی گھر چلی گئی۔

اسی زمانے میں دلی میں گڑبڑ شروع ہوئی اور فسادات کا بھونچال آگیا۔ فاروق نے

مجھے میرٹھ خط لکھا کہ تم فوراً پاکستان چلی جاؤ۔ میں تم سے وہیں ملوں گا۔ میرا پہلے ہی سے یہ ارادہ تھا ابا بھی بے حد پریشان تھے اور یہی چاہتے تھے کہ ان حالات میں اب میں انڈیا میں نہ رہوں جہاں شریف مسلمان لڑکیوں کی عزتیں مستقل خطرے میں ہیں۔ پاکستان اپنا اسلامی ملک تھا۔ اس کی بات ہی کیا تھی۔ ابا جائیداد وغیرہ کی وجہ سے فی الحال ترک وطن نہ کرسکتے تھے۔ میرے بھائی دونوں بہت چھوٹے چھوٹے تھے اور اماں جان کے انتقال کے بعد ابا نے ان کو میری خالہ کے پاس حیدر آباد دکن بھیج دیا تھا۔

میرا رزلٹ نکل چکا تھا اور میں تھرڈ ڈویژن میں پاس ہوئی تھی۔ میرا دل ٹوٹ گیا۔ جب بلووں کا زور ذرا کم ہوا تو میں ہوائی جہاز سے لاہور آگئی۔ فاروق میرے ساتھ آیا۔ اس نے یہ پروگرام بنایا تھا کہ اپنے کاروبار کی ایک شاخ پاکستان میں قائم کرکے لاہور اس کا ہیڈ آفس رکھے گا۔ مجھے اس کا مالک بنائے گا اور وہیں مجھ سے شادی کرلے گا۔ وہ دلی سے ہجرت نہیں کررہا تھا کیونکہ اس کے باپ بڑے احراری خیالات کے آدمی تھے۔ پلان یہ تھا کہ وہ ہر دوسرے تیسرے مہینے دلی سے لاہور آتا رہے گا۔ لاہور میں افراتفری تھی حالانکہ ایک سے ایک اعلیٰ کوٹھی الاٹ ہوسکتی تھی، مگر فاروق یہاں کسی کو جانتا نہ تھا۔ بہرحال سنت نگر میں ایک چھوٹا سا مکان میرے نام الاٹ کراکے اس نے مجھے وہاں چھوڑ دیا اور میری دوسرا تھ کے لیے اپنے ایک دور کے رشتے دار کنبے کو میرے پاس ٹھہرا دیا جو مہاجر ہو کے لاہور آئے تھے اور مارے مارے پھر رہے تھے۔۔۔

میں زندگی کی اس یک بیک تبدیلی سے اتنی ہکا بکا تھی کہ میری سمجھ میں نہ آتا تھا کہ کیا سے کیا ہوگیا۔ کہاں غیر منقسم ہندوستان کی وہ بھرپور، دلچسپ رنگا رنگ دنیا کہاں ۴۸ کے لاہور کا وہ تنگ و تاریک مکان۔ غریب الوطنی۔۔۔ اللہ اکبر۔۔۔ میں نے کیسے کیسے دل ہلا دینے والے زمانے دیکھیں ہیں۔

میں اتنی خالی الذہن ہو چکی تھی کہ میں نے تلاشِ ملازمت کی بھی کوئی کوشش نہ کی۔ روپے کی طرف سے فکر نہ تھی کیونکہ فاروق میرے نام دس ہزار روپیہ جمع کرا گیا تھا (صرف دس ہزار وہ خود کروڑوں کا آدمی تھا مگر اس وقت میری سمجھ میں کچھ نہ آتا تھا۔ اب بھی نہیں آتا)

دن گزرتے گئے۔ میں صبح سے شام تک پلنگ پر پڑی فاروق کے رشتے کی خالہ یا نانی جو کچھ بھی وہ بڑی بی تھیں۔ ان سے ان کی ہجرت کے مصائب کی داستان اور ان کی سابقہ امارات کے قصے سنا کرتی اور پان پہ پان کھاتی یا ان کی میٹرک میں پڑھنے والی بیٹی کو الجبرا جیومیٹری سکھلایا کرتی۔ ان کا بیٹا فاروق کی برائے نام بزنس کی دیکھ بھال کر رہا تھا۔

فاروق سال میں پانچ چھ چکر لگا لیتا۔ اب لاہور کی زندگی رفتہ رفتہ نارمل ہوتی جارہی تھی۔ اس کی آمد سے میرے دن کچھ رونق کے کٹتے۔ اس کی خالہ بڑی اہتمام سے دلی کے کھانے اس کے لیے تیار کرتیں۔ میں مال کے ہیر ڈریسر کے یہاں جاکر اپنے بال سیٹ کرواتی۔ شام کو ہم دونوں جم خانہ کلب چلے جاتے اور وہاں ایک کونے کی میز پر بیئر کا گلاس سامنے رکھے فاروق مجھے دلی کے واقعات سناتا۔ وہ بے تکان بولے چلا جاتا۔ یا پھر دفعتاً چپ ہو کر کمرے میں آنے والی اجنبی صورتوں کو دیکھتا رہتا۔ اس نے شادی کا کبھی کوئی ذکر نہیں کیا۔ میں نے بھی اس سے نہیں کہا۔ میں اب اکتا چکی تھی کسی چیز سے کوئی فرق نہ پڑتا۔ جب وہ دلی واپس چلا جاتا تو میں ہر پندرہویں دن اپنی خیریت کا خط اور اس کے کاروبار کا حال لکھ بھیجتی اور لکھ دیتی کہ اب کی دفعہ آئے تو کناٹ پلیس یا چاندنی چوک کی فلاں دکان سے فلاں فلاں قسم کی ساڑیاں لیتا آئے کیونکہ پاکستان میں اچھی ساڑیاں ناپید ہیں۔

ایک روز میرٹھ سے چچا میاں کا خط آیا کہ ابا کا انتقال ہو گیا۔

جب احمدِ مرسل نہ رہے کون رہے گا

میں جذبات سے واقف نہیں ہوں مگر باپ مجھ پر جان چھڑکتے تھے۔ ان کی موت کا مجھے سخت صدمہ ہوا۔ فاروق نے مجھے بڑے پیار کے دلاسے بھرے خط لکھے تو ذرا ڈھارس بندھی۔ اس نے لکھا۔۔۔ نماز پڑھا کرو، بہت برا وقت ہے۔ دنیا پر کالی آندھی چل رہی ہے۔ سورج ڈیڑھ بلم پر آیا چاہتا ہے۔ پل کا بھروسا نہیں۔ سارے کاروباریوں کی طرح وہ بھی بڑا سخت مذہبی اور توہم پرست آدمی تھا۔ پابندی سے اجمیر شریف جاتا۔۔۔ نجومیوں، رمالوں، پنڈتوں، سیانوں، پیرو، فقیروں، اچھے اور برے شگونوں، خوابوں کی تعبیر، غرض کہ ہر چیز کا قائل تھا۔ ایک مہینہ نماز پڑھی۔ مگر جب میں سجدے میں جاتی تو دل چاہتا خوب زور زور سے ہنسوں۔

ملک میں سائنس کی خواتین لیکچراروں کی بڑی زبردست مانگ تھی۔ جب مجھے ایک مقامی کالج والوں نے بے حد مجبور کیا تو میں نے پڑھانا شروع کر دیا۔ حالانکہ ٹیچری کرنے سے مجھے سخت نفرت ہے۔ کچھ عرصے بعد مجھے پنجاب کے ایک دور افتادہ ضلع کے گرلز کالج میں بلا لیا گیا۔ کئی سال تک میں نے وہاں کام کیا۔ مجھ سے میری طالب علم لڑکیاں اکثر پوچھتیں۔۔۔ "ہائے اللہ مس تنویر۔ آپ اتنی پیاری سی ہیں۔ آپ اپنے کروڑ پتی منگیتر سے شادی کیوں نہیں کرتیں؟" اس سوال کا خود میرے پاس کوئی جواب نہ تھا۔

یہ نیا ملک تھا۔ نئے لوگ، نیا معاشرہ۔ یہاں کسی کو میرے ماضی کا علم نہ تھا۔ کوئی بھی بھلا مانس مجھ سے شادی کرنے کے لیے تیار ہو سکتا تھا (لیکن بھلے مانس، خوش شکل، سیدھے سادے شریف زادے مجھے پسند ہی نہیں آتے تھے، میں کیا کرتی؟) دلّی کے قصے دلّی میں رہ گئے۔ اور پھر میں نے تو یہ دیکھا ہے کہ ایک سے ایک حرّافہ لڑکیاں اب ایسی پارسا بنی ہوئی ہیں کہ دیکھا ہی کیجیے۔ خود ایڈتھ ہری رام اور رانی خان کی مثال میرے

سامنے موجود ہے۔

اب فاروق بھی کبھی کبھی آتا۔ ہم لوگ اس طرح ملتے گویا بیسیوں برس کے پرانے شادی شدہ میاں بیوی ہیں جن کے پاس سارے نئے موضوع ختم ہو چکے ہیں۔ اب سکون اور آرام اور ٹھہراؤ کا وقت ہے فاروق کی بیٹی کی حال ہی میں دلّی میں شادی ہوئی ہے۔ اس کا لڑکا اوکسفوڈ جا چکا ہے۔ بیوی کو مستقل دمہ رہتا ہے۔ فاروق نے اپنے کاروبار کی شاخیں باہر کے کئی ملکوں میں پھیلا دی ہیں۔ نینی تال میں نیا بنگلہ بنوا رہا ہے۔ فاروق اپنے خاندان کے قصے، کاروبار کے معاملات مجھے تفصیل سے سنایا کرتا اور میں اس کے لیے پان بناتی رہتی۔

ایک مرتبہ میں چھٹیوں میں کالج سے لاہور آئی تو فاروق کے ایک پرانے دوست سید وقار حسین خان سے میری ملاقات ہوئی۔ یہ بھی اپنے پرانے وقت کے اکیلے تھے۔ اور کچھ کم کم رُونہ تھے۔ دراز قد، موٹے تازے، سیاہ توا ایسا رنگ، عمر میں پینتالیس کے لگ بھگ۔ اچھے خاصے دیوزاد معلوم ہوتے۔ ان کو میں نے پہلی مرتبہ نئی دلّی میں دیکھا تھا جہاں ان کا ڈانسنگ اسکول تھا۔ یہ رام پور کے ایک شریف گھرانے کے اکلوتے فرزند تھے۔ بچپن میں گھر سے بھاگ گئے۔ سرکس، کارینول اور تھیٹر کمپنیوں کے ساتھ ملکوں ملکوں میں گھومے۔ سنگاپور، ہانگ کانگ، شنگھائی، لندن، جانے کہاں کہاں۔ ان گنت قومیتوں اور نسلوں کی عورتوں سے وقتاً فوقتاً شادیاں رچائیں۔

ان کی موجودہ بیوی اڑیسہ کے ایک مارواڑی مہاجن کی لڑکی تھی جس کو یہ کلکتے سے اڑا لائے تھے۔ بارہ پندرہ سال قبل میں نے اسے دلّی میں دیکھا تھا۔ سانولی سلونی سی پستہ قد لڑکی تھی۔ میاں کی بدسلوکیوں سے تنگ آکر ادھر ادھر بھاگ جاتی۔ لیکن چند روز کے بعد پھر واپس موجود۔

خان صاحب نے کناٹ سرکس کی ایک بلڈنگ کی تیسری منزل میں انگریزی ناچ

سکھانے کا اسکول کھول رکھا تھا جس میں وہ اور ان کی بیوی اور دو اینگلو انڈین لڑکیاں گویا اسٹاف میں شامل تھیں۔ جنگ کے زمانے میں اس اسکول پر ہن برسا۔ اتوار کے روز ان کے یہاں صبح کو 'جیم سیشن' ہوا کرتے۔ ایک مرتبہ میں بھی خوشوقت کے ساتھ وہاں گئی تھی۔ سنا تھا کہ وقار صاحب کی بیوی ایسی مہاستی انسویا کی اوتار ہیں کہ ان کے میاں حکم دیتے ہیں کہ فلاں فلاں لڑکی سے بہناپا گانٹھو اور پھر اسے مجھ سے ملانے کے لیے لے کر آؤ۔ اور وہ نیک بخت ایسا ہی کرتی۔ ایک بار وہ ہمارے ہوسٹل میں آئی اور چند لڑکیوں کے سر ہوئی کہ اس کے ساتھ بارہ کھمبا روڈ چل کر چائے پئیں۔

تقسیم کے بعد وقار صاحب بقول شخصے لٹ لٹا کر لاہور آن پہنچے تھے اور مال روڈ کے پچھواڑے ایک فلیٹ الاٹ کروا کر اس میں اپنا اسکول کھول لیا تھا۔ شروع شروع میں کاروبار مندا رہا۔ دلوں پر مردنی چھائی تھی۔ ناچنے گانے کا کسے ہوش تھا۔ اس فلیٹ میں تقسیم سے پہلے آریہ سماجی ہندوؤں کا میوزک اسکول تھا۔ لکڑی کے فرش کا ہال، پہلو میں دو چھوٹے کمرے، غسل خانہ اور باورچی خانہ، سامنے لکڑی کی بالکنی اور شکستہ ہلتا ہوا زینہ 'ہند ماتا سنگیت مہاودیالہ' کا بورڈ بالکنی کے جنگلے پر اب تک ٹیڑھا ٹنگا ہوا تھا۔ اسے اتار کر 'وقارز اسکول آف بال روم اینڈ ٹیپ ڈانسنگ' کا بورڈ لگا دیا گیا۔ امریکی فلمی رسالوں سے تراش کر جین کیلی، فریڈ اسٹر، فرینک سیناٹرا، ڈورس ڈے وغیرہ کی رنگین تصویریں ہال کی بوسیدہ دیواروں پر آویزاں کر دی گئیں اور اسکول چالو ہو گیا۔ ریکارڈوں کا تھوڑا سا ذخیرہ خان صاحب دلّی سے ساتھ لیتے آئے تھے۔ گراموفون اور سیکنڈ ہینڈ فرنیچر فاروق سے روپیہ قرض لے کر انھوں نے یہاں خرید لیا۔ کالج کے منچلے لونڈوں اور نئی دولت مند سوسائٹی کی تازہ تازہ فیشن ایبل بیگمات کو خدا سلامت رکھے۔ دو تین سال میں ان کا کام خوب چمک گیا۔

فاروق کی دوستی کی وجہ سے میرا اور ان کا کچھ بھاوج اور جیٹھ کا سا رشتہ ہو گیا تھا۔ وہ اکثر میری خیر خبر لینے آجاتے، ان کی بی بی گھنٹوں میرے ساتھ پکانے، ریندھنے، سینے پرونے کی باتیں کیا کرتیں۔ بے چاری مجھ سے بالکل جٹھانی والا شفقت کا برتاؤ کرتیں۔ یہ میاں بیوی لاولد تھے۔ بڑا اُداس، بے رنگ، بے تکا سا غیر دل چسپ جوڑا تھا۔ ایسے لوگ بھی دنیا میں موجود ہیں۔۔۔

کالج میں نئی امریکہ پلٹ نک چڑھی پرنسپل سے میرا جھگڑا ہو گیا۔ اگر وہ سیر تو میں سوا سیر۔ میں خود ابو الحسن تانا شاہ سے کون کم تھی۔ میں نے استعفیٰ کالج کمیٹی کے سر پر مارا۔ اور پھر سنت نگر لاہور واپس آگئی۔ میں پڑھاتے پڑھاتے اکتا چکی تھی۔ میں کوئی وظیفہ لے کر پی ایچ ڈی کے لیے باہر جا سکتی تھی۔ مگر اس ارادے کو بھی کل پر ٹالتی رہی۔ کل امریکنوں کے دفتر جاؤں گی جہاں وہ وظیفے بانٹتے ہیں۔ کل برٹش کونسل جاؤں گی۔ کل ایجوکیشن منسٹری میں اسکالرشپ کی درخواست بھیجوں گی۔

مزید وقت گزر گیا۔ کیا کروں گی کہیں باہر جا کر۔۔۔؟ کون سے گڑھ جیت لوں گی۔۔۔؟ کون سے کدّو میں تیر مار لوں گی۔۔۔؟ مجھے جانے کس چیز کا انتظار تھا۔۔۔؟ مجھے معلوم نہیں۔ اس دوران میں ایک روز وقار بھائی میرے پاس حواس باختہ آئے اور کہنے لگے۔۔۔ "تمہاری بھابی کے دماغ میں پھر سودا اٹھا۔ وہ ویزا بنوا کر انڈیا واپس چلی گئیں۔ اور اب کبھی نہ آئیں گی۔"

"یہ کیسے۔۔۔؟" میں نے ذرا بے پروائی سے پوچھا۔ اور ان کے لیے چائے کا پانی اسٹوو پر رکھ دیا۔ "بات یہ ہوئی کہ میں نے انہیں طلاق دے دی۔ ان کی زبان بہت بڑھ گئی تھی۔ ہر وقت ٹرٹر۔۔۔ ٹرٹر۔۔۔" پھر انہوں نے سامنے کے کھرّے پلنگ پر بیٹھ کر خالص شوہروں والے انداز میں بیوی کے خلاف شکایات کا ایک دفتر کھول دیا اور خود کو

بے قصور اور حق بجانب ثابت کرنے کی کوشش میں مصروف رہے۔

میں بے پروائی سے یہ ساری کتھا سنا کی۔ زندگی کی ہر بات اس قدر بے رنگ، غیر اہم، غیر ضروری اور بے معنٰی تھی۔۔۔ کچھ عرصے بعد وہ میرے یہاں آکر بڑبڑائے، "نوکروں نے ناک میں دم کر رکھا ہے۔ کبھی اتنا بھی تم سے نہیں ہوتا کہ آکر ذرا بھائی کے گھر کی حالت ہی درست کر جاؤ۔ نوکروں کے کان امیٹھو۔ میں اسکول بھی چلاؤں اور گھر بھی۔۔۔" انہوں نے اس انداز سے شکایتاً کہا گویا ان کے گھر کا انتظام کرنا میرا فرض تھا۔

چند روز بعد میں اپنا سامان باندھ کر وقار صاحب کے کمروں میں منتقل ہوگئی اور ناچ سکھانے کے لیے ان کی اسسٹنٹ بھی بن گئی۔ اس کے مہینے بھر بعد پچھلے اتوار کو وقار صاحب نے ایک مولوی بلوا کر اپنے دو چُر کٹوں کی گواہی میں مجھ سے نکاح پڑھوا لیا۔

اب میں دن بھر گھر کے کام میں مصروف رہتی ہوں۔۔۔ میرا حسن و جمال ماضی کی داستانوں میں شامل ہو چکا ہے۔ مجھے شور و شغف پارٹیاں ہنگامے مطلق پسند نہیں۔ لیکن گھر میں ہر وقت 'چاچا' اور 'کلپسو' اور 'راک اینڈ رول' کا شور مچتا رہتا ہے۔ بہر حال یہی میرا گھر ہے۔

میرے پاس اس وقت کئی کالجوں میں کیمسٹری پڑھانے کے آفر ہیں مگر بھلا خانہ داری کے دھندوں سے کہیں فرصت ملتی ہے۔ نوکروں کا یہ حال ہے کہ آج رکھو، کل غائب۔ میں نے زیادہ کی تمنّا کبھی نہیں کی۔ صرف اتنا ہی چاہا کہ ایک اوسط درجے کی کوٹھی ہو۔ سواری کے لیے موٹر۔ تاکہ آرام سے ہر جگہ آسکیں۔ ہم چشموں میں بے عزتی نہ ہو۔ چار ملنے والے آئیں تو بٹھانے کے لیے قرینے کا ٹھکانہ ہو، اور بس۔

اس وقت ہماری ڈیڑھ دو ہزار ماہوار آمدنی ہے جو دو میاں بیوی کے لیے ضرورت سے کہیں زیادہ ہے۔ انسان اپنی قسمت پر قانع ہو جائے تو سارے دکھ آپ سے آپ مٹ

جاتے ہیں۔ شادی کر لینے کے بعد لڑکی کے سر کے اوپر چھت سی پڑ جاتی ہے۔ آج کل کی لڑکیاں جانے کس رَو میں بہہ رہی ہیں۔ کس طرح یہ لوگ ہاتھوں سے نکل جاتی ہیں۔ جتنا سوچوں، عجیب سا لگتا ہے اور حیرت ہوتی ہے۔

میں نے تو کبھی کسی سے فلرٹ تک نہ کیا۔ خوشوقت، فاروق اور اس سیاہ فام دیوزاد کے علاوہ جو میرا شوہر ہے، میں کسی چوتھے آدمی سے واقف نہیں۔ میں شدید بدمعاش تو نہیں تھی، نہ معلوم میں کیا تھی اور کیا ہوں۔۔۔ ریحانہ، سعدیہ، پربھا اور یہ لڑکی جس کی آنکھوں میں مجھے دیکھ کر دہشت پیدا ہوئی، شاید وہ مجھ سے زیادہ اچھی طرح مجھ سے واقف ہوں۔

اب خوش وقت کو یاد کرنے کا فائدہ۔۔۔؟ وقت گزر چکا۔ جانے اب تک وہ بریگیڈیر میجر جنرل بن چکا ہو، آسام کی سرحد پر چینیوں کے خلاف مورچہ لگائے بیٹھا ہو، یا ہندستان کی کسی ہری بھری چھاؤنی کے میس میں بیٹھا مونچھوں پر تاؤ دے رہا ہو، اور مسکراتا ہو، شاید وہ کب کا کشمیر کے محاذ پر مارا جا چکا ہو، کیا معلوم۔۔۔

اندھیری راتوں میں میں آنکھیں کھولے چپ چاپ پڑی رہتی ہوں۔ سائنس نے مجھے عالمِ موجودات کے بہت سے رازوں سے واقف کر دیا ہے۔ میں نے کیمسٹری پر اَن گنت کتابیں پڑھی ہیں۔ پہروں سوچا ہے، پر مجھے بڑا ڈر لگتا ہے۔۔۔ اندھیری راتوں میں مجھے بڑا ڈر لگتا ہے۔

خوش وقت سنگھ۔۔۔ خوشوقت سنگھ! تمہیں اب مجھ سے مطلب؟

***

۷

برف باری سے پہلے

"آج رات تو یقینا برف پڑے گی" صاحب خانہ نے کہا۔ سب آتش دان کے اور قریب ہو کے بیٹھ گئے۔ آتش دان پر رکھی ہوئی گھڑی اپنی متوازن یکسانیت کے ساتھ ٹک ٹک کرتی رہی۔ بلیلاں کشنوں میں منہ دیئے اونگھ رہی تھیں، اور کبھی کبھی کسی آواز پر کان کھڑے کر کے کھانے کے کمرے کے دروازے کی طرف ایک آنکھ تھوڑی سی کھول کر دیکھ لیتی تھیں۔ صاحب خانہ کی دونوں لڑکیاں نٹنگ میں مشغول تھیں۔ گھر کے سارے بچے کمرے کے ایک کونے میں پرانے اخباروں اور رسالوں کے ڈھیر پر چڑھے کیرم میں مصروف تھے۔

بوبی ممتاز کھڑکی کے قریب خاموش بیٹھا ان سب کو دیکھتا رہا۔

"ہاں آج رات تو قطعی برف پڑے گی" صاحب خانہ کے بڑے بیٹے نے کہا۔ "بڑا مزا آئے گا۔ صبح کو ہم اسنو مین بنائیں گے" ایک بچہ چلایا۔ "ممتاز بھائی جان ہمیں اپنا پائپ دے دو گے؟ ہم اسے اسنو مین کے منہ میں ٹھونسیں گے"، دوسرے بچے نے کہا۔

"کل صبح شمال میں ہلکے ہلکے چھینٹے پڑیں گے۔ اور شمال مغرب میں آندھی کے ساتھ بارش ہو گی۔ جنوبی بلوچستان اور سندھ کا موسم خشک رہے گا" صاحب خانہ نے ناک پر عینک رکھ کر اخبار اٹھایا اور موسم کی پیشین گوئی باآواز بلند پڑھنی شروع کی۔

"خوب برف پڑتی ہے بھائی۔ لیکن ایک بات ہے۔ اس طرف پھل بہت عمدہ ہوتے ہیں۔ ایبٹ آباد میں جب میں تھا" صاحب خانہ کے منجھلے بیٹے نے خود ہی اپنی بات جاری رکھی۔

بوبی ممتاز چپکا بیٹھا ہنستا رہا۔ "ساری دنیا موسم میں اتنی شدید دلچسپی کیوں لیتی ہے۔ کیا ان لوگوں کو اس وقت گفتگو کا کوئی اس سے زیادہ بے کار موضوع نہیں سوجھ رہا۔ کوئینی لکھنؤ ریڈیو پر روزانہ آٹھ پچپن پر انگریزی میں موسم کی رپورٹ سناتی تھی۔ کل پچھّم میں تیز ہوا کے ساتھ پانی آئے گا۔ پورب میں صرف تھوڑے چھینٹے پڑیں گے اتر میں سردی بڑھ جائے گی۔۔۔ کوئینی۔۔۔ کوئینی بی بی۔۔۔ وجو۔۔۔ فریڈ کہاں ہو تم سب۔۔۔ اس وقت تم سب جانے کیا کر رہے ہوگے" اس نے بہت تھک کر آنکھیں بند کر لیں۔

"ممتاز صاحب آج تو آپ ہمارے ساتھ ہی کھانا کھایئے"، صاحب خانہ کی بیگم نے کہا اور شال لپیٹتی ہوئی کھانے کے کمرے کی طرف چلی گئیں۔ ان کی آواز پر آنکھیں کھول کر وہ انہیں پینٹری کے دروازے میں غائب ہوتے دیکھتا رہا۔

صاحب خانہ کی دو لڑکیاں تھیں۔ یہی ساری بات تھی۔ اسی وجہ سے اس کی اتنی خاطریں کی جا رہی تھیں۔ جب سے وہ پاکستان منتخب کرنے کے بعد کوئٹہ آیا تھا۔ یہ خاندان اسے روزانہ اپنے ہاں چائے یا کھانے پر مدعو کرتا۔ اگر وہ نہ آنا چاہتا تو وہ جا کر اسے کلب سے پکڑ لاتے۔ اس کے لیے روز طرح طرح کے حلوے تیار کیے جاتے۔ اس کی موجودگی میں ان کی بڑی لڑکی پھیکے شلجم کے ایسے چہرے والی سعیدہ بڑی معصومیت اور نیازمندی کے ساتھ ایک طرف کو بیٹھی نٹنگ کرتی رہتی۔ اس کا چہرہ ہر قسم کے تاثرات سے خالی رہتا۔ جیسے کسی کل والی چینی کی گڑیا کی انگلیوں میں تتلیاں تھما دی گئی ہوں۔ کبھی کبھی وہ دوسروں کی طرف نظر اٹھا کر دیکھتی اور پھر خود بخود شرما کر دوبارہ نٹنگ پر جھک

جاتی۔

یہ لڑکیاں کتنی نٹنگ کرتی ہیں۔ بس سال بھر ان کے ہاتھوں میں اون اور سلائیاں دیکھ لو۔ گویا یہ ان کے بنے ہوئے پل اوور اور موزے قیامت کے روز انہیں بخشوائیں گے۔ پھر صاحب خانہ کی بیگم باورچی خانہ سے واپس آکر خانساماں کی نامعقولیت پر اظہار خیال کرنے کے بعد اپنی سگھڑ بیٹی کو تحسین آمیز نظروں سے دیکھتیں اور اسے مخاطب ہو کر کہتیں۔

"بس اس کو تو یہی شوق ہے۔ دن بھر اسی طرح کسی نہ کسی کام میں لگی رہتی ہے۔ اپنے ابا کا یہ سویٹر کوٹ بھی اسی نے بنا ہے۔" اس وقت وہ یقیناً متوقع ہوتیں کہ وہ کہے، "اون منگوا دوں گا میرے لیے بھی ایک پل اوور بنا دیجئے۔" لیکن وہ اسی طرح خاموش بیٹھا رہتا۔ لڑکی اپنی ڈائرکٹر آف پروپگنڈہ اینڈ پبلسٹی کی طرف سے یہ تعریف ہوتی سن کر اور زیادہ شرما جاتی اور اس کی سلائیاں زیادہ تیزی سے متحرک ہو جاتیں۔

خداوندا۔۔۔ بوبی ممتاز نے بہت زیادہ اکتا کر کھڑکی سے باہر نظر ڈالی۔ اندھیرے میں چنار کے درخت آہستہ آہستہ سرسرا رہے تھے۔ اس گرم اور روشن کمرے کے باہر دور دور تک مکمل سکوت طاری تھا۔ رات کا گہرا اور منجمد سکوت۔ وہ رات بالکل ایسی تھی اندھیری اور خاموش۔ ۹ ستمبر ۴۷ء کی وہ رات جو اس نے اپنے دوستوں کے ساتھ مسوری کے وائلڈ روز میں آخری بار گزاری تھی۔ کوئینی اور وجاہت کا وائلڈ روز۔ جب وہ سب وائلڈ روز کے خوب صورت لاؤنج میں آگ کے پاس بیٹھے تھے اور کسی کو پتہ نہیں تھا کہ وہ آخری مرتبہ وہاں اکٹھے ہوئے ہیں۔ لیکن وہ رات بھی پلک جھپکتے میں گزر گئی تھی۔ وقت اسی طرح گزرتا چلا جاتا ہے۔

صاحب خانہ نے دفعتاً بڑے زور سے ہنسنا شروع کر دیا۔ اس نے چونک کر انہیں

دیکھا۔ وہ ایک ہاتھ میں اخبار تھامے ویکلی کے کسی کارٹون پر ہنس ہنس کر دوہرے ہوئے جارہے تھے۔ بچے اپنے تصویروں والے رسالے اور کیرم چھوڑ کر اس کے قریب آ گئے اور اس سے کہنے لگے کہ اگر رات کو اس کی موٹر برف میں پھنس گئی تو کتنا مزہ آئے گا۔۔۔ ایک بچی نے ناؤ بنانے کے لیے اون لکر کا سرورق پھاڑ ڈالا اور ایک تصویر دوسری تراشی ہوئی تصویروں اور کترنوں کے ساتھ رسالے میں سے سرک کر فرش پر آن گری۔

بوبی ممتاز کی نظر اس تصویر پر پڑ گئی۔ اس نے جھک کر دیکھا۔ وہ سگرڈ کی تصویر تھی۔ سگرڈ اپنے پیارے سے دوماہ کے بچے کو میز پر ہاتھوں سے تھامے اس کے پیچھے سے جھانک رہی تھی۔ وہی مخصوص تبسم، اس کے بال اسی اسٹائل سے بنے تھے۔ اس کی آنکھیں اسی طرح پرسکون اور پر اسرار۔۔۔ اس تصویر کے لیے بچوں میں چھینا جھپٹی شروع ہوگئی۔ اس کے جسم میں سردی کی ایک تیز ناقابل برداشت کاٹتی ہوئی لہر دوڑ گئی۔ اس نے پیچھے مڑ کر دیکھا۔ کھڑکی بند تھی اور آتش دان میں شعلے بھڑک رہے تھے۔ کمرہ حسب معمول گرم تھا۔ بچے اسی طرح شور مچا رہے تھے۔ لڑکیاں نٹنگ کر رہی تھیں۔ اس کا دل ڈوب رہا تھا۔ یہ سگرڈ کی تصویر تھی جو ایک بچی نے بے خیالی سے نئے اون لکر میں سے کاٹ لی تھی۔۔۔ سگرڈ۔۔۔ سگرڈ وہ دفعتاً کرسی پر سے اٹھ کھڑا ہوا۔۔۔

"کہاں چلے۔۔۔؟ کھانا آنے والا ہے" صاحب خانہ ہاتھ پھیلا کر چلائے۔ "بس پانچ منٹ اور ٹھہر جاؤ بھیا۔ توا چڑھا ہی ہے" بیگم صاحب نے کہا۔ "کھانا کھا کے جائیے گا" سعیدہ نے اپنی پتلی سی آواز آہستہ سے بلند کر کے چپکے سے کہا اور پھر جلدی سے سلائیوں پر جھک گئی۔

"ہاں ہاں بھائی جان۔۔۔ کھانا کھا کے۔۔۔ اور پھر اپنا پائپ۔۔۔" بچوں نے شور مچایا۔ اور پھر تصویر کے لیے چھینا جھپٹی ہونے لگی۔ "ارے مجھے دے۔۔۔ میں اس کی

مونچھیں بناؤں گا"، ایک بچہ اپنی چھوٹی بہن کے ہاتھوں سے تصویر چھیننے لگا۔ "نہیں، پہلے میں۔ میں ڈاڑھی بھی بناؤں گی اس کی۔ جیسی چچا میاں کی ہے" بچی نے زور لگایا۔ "میں اس مسز سگرڈ عثمان کے ہونٹوں میں پائپ لگا دوں گا۔" دوسرا بچہ چلایا۔ "واہ، لڑکیاں پائپ کہاں پیتی ہیں" پہلے بچے نے اعتراض کیا۔ "ممتاز بھائی جان تو پیتے ہیں" اس نے اپنی منطق استعمال کی۔ "ممتاز بھائی جان کوئی لڑکی تھوڑا ہی ہیں۔" سب نے پھر قہقہے لگانے شروع کر دیئے۔

بوبی ممتاز انتہائی بد اخلاقی کا ثبوت دیتا کمرے سے نکل کر جلدی سے باہر آیا۔ اور اپنی اوپل تک پہنچ کر سب کو شب بخیر کہنے کے بعد تیزی سے سڑک پر آ گیا۔ راستہ بالکل سنسان پڑا تھا۔ اور فروری کا آسمان تاریک تھا۔ اس کے میزبانوں کا گھر دور ہوتا گیا۔ بچوں کے شور کی آواز پیچھے رہ گئی۔ بالکل خالی الذہن ہو کر اس نے کار بے حد تیز رفتاری سے سیدھی سڑک پر چھوڑ دی۔ گھر چلا جائے۔ اس نے سوچا۔ پھر اسے خیال آیا کہ اس نے ابھی کھانا نہیں کھایا۔ اس نے کار کا رخ کلب کی طرف کر دیا۔

ایک بیرے کو کھانے کے متعلق کہتے ہوئے وہ ایک لاؤنج کی طرف چلا گیا۔ جو اکثر سنسان پڑی رہتی تھی۔ اس نے صوفے پر لیٹ کر آنکھوں پر ہاتھ رکھ لیے۔ اس نے آنکھیں بند کر لیں۔ اسے لگ رہا تھا جیسے وہ سوچنے سمجھنے، محسوس کرنے، یاد کرنے کی ساری عادتیں بھول چکا ہے۔ اب کچھ باقی نہیں، کچھ باقی نہیں۔ اس نے ہاتھوں سے اپنی آنکھوں کو خوب ملا۔ اور پھر غور سے ہتھیلیوں کو دیکھنے لگا۔ اس نے محسوس کیا کہ اس وقت اس کی آنکھیں بہت سونی سونی لگ رہی ہوں گی۔ وہ آنکھیں جن کے لیے کملا کہا کرتی تھی کہ انتہائی شراب انڈیلنے والی آنکھیں ہیں۔ اس کی آنکھوں کی یہ تعریف سب کو یاد ہو گئی تھی۔ بوبی ممتاز کی شراب انڈیلنے والی آنکھیں۔ اور وہ اس وقت وہاں، اس

اجنبی شہر کے غیر دل چسپ کلب کے نیم تاریک خاموش لاؤنج میں صوفے پر بچوں کی طرح پڑا اپنی ہتھیلیوں سے ان آنکھوں کو مل رہا تھا۔ گویا بہت دیر کا سویا ہوا اب جگا ہے۔ برابر کے کمرے میں خوب زور زور سے ریڈیو بجایا جارہا تھا۔ بہت سے لوگ باتوں میں مشغول تھے۔ وہاں بھی موسم کے متعلق بحث چھڑی ہوئی تھی۔ "آج رات تو یقیناً برف پڑے گی۔" کوئی بے حد وثوق اور اہمیت کے ساتھ کہہ رہا تھا۔

"یہاں بڑے کڑاکے کا جاڑا پڑتا ہے یارو"، دوسرے نے جواب دیا۔ پھر سیاسیات پر گفتگو شروع ہوگئی۔ جہاں چار آدمی اکٹھے ہوتے یہ لازمی بات تھی کہ سیاست پر رائے زنی شروع ہو جائے۔ جواہر لال نے یہ کہا۔ قائد اعظم نے یہ کہا۔ ماؤنٹ بیٹن نے یہ کہا۔ یہ اچھا ہوا۔ یہ برا ہوا۔ تم کیسے آئے؟ میں ایسے آیا۔ میں یوں لٹا۔ میں نے راستے میں یوں تکلیفیں اٹھائیں۔ فلاں ملازم ہوگیا۔ فلاں نے استعفیٰ دے دیا۔ فلاں کراچی میں ہے۔ فلاں پنڈی پہنچ چکا ہے۔۔۔

بوبی ممتاز لاؤنج کے صوفے پر چپ چاپ پڑا یہ سب سنا کیا۔ گیلری کی دوسری جانب ایک کمرے میں چند انگریز ممبر اور ان کی خواتین قریب قریب بیٹھے ایک دوسرے کے ساتھ مے نوشی میں مصروف تھیں۔ کلب کا وہ حصہ نسبتاً سنسان پڑا تھا۔ ۱۵ اگست کے بعد شہر اور چھاؤنی میں جو اکا دکا انگریز رہ گئے تھے وہ سرِ شام ہی سے وہاں آن بیٹھتے اور ہوم، خط لکھتے رہتے یا طامس کک اور بی، او، اے، سی والوں سے پیسج کے متعلق خط وکتابت کرتے۔ ان کی بیویاں اور لڑکیاں اکتاہٹ کے ساتھ بیٹھی ریکارڈ بجاتی رہتیں۔ ان کے گڈ اولڈ ڈیز کے پرانے ساتھی اور عزیز ہوم جا چکے تھے اور جانے کہاں کہاں سے نئے نئے دیسی ممبر کلب میں آن بھرے تھے۔۔۔ ڈیڈی نے دو سال کے لیے کنٹریکٹ کیا ہے۔ چالس نے سال بھر کے لیے والینٹیئر کیا ہے۔ کوئٹہ تو مار گریٹ ڈارلنگ بے حد دل

چسپ اسٹیشن تھا۔ پر اب۔ اب تو اتنا مرنے کو جی چاہتا ہے۔ وہ بے بسی کے عالم میں کلب کے دیسی ممبروں کی خواتین کو دیکھتیں۔

'او گوش' گیلری میں سے گزرتے ہوئے کرنل روجرز کی سرخ بالوں والی لڑکی نے چپکے سے اپنی ایک سہیلی سے اکتا کر کہا، "آج وہ بھی نہیں آیا۔۔۔" وہ کون۔۔۔؟ اس کی سہیلی نے پوچھا۔۔۔"وہی۔۔۔ انتظامی سروس والا۔۔۔ جو لکھنؤ سے آیا ہے۔"

"اچھا وہ۔۔۔"

"ہاں، سخت بور ہے۔ کل رات میرا خیال تھا کہ مجھ سے رقص کے لیے کہے گا۔ لیکن چپ چاپ الو کی طرح آنکھیں جھپکاتا رہا۔"

"لیکن کیرل ڈرالنگ کتنی بالکل شراب انڈیلنے والی آنکھیں۔"

"ہوں گی۔۔۔ جین ڈارلنگ یہ ہندوستانی بالکل گیلنٹ نہیں ہوتے۔" وہ دونوں باتیں کرتی کارڈروم کی طرف چلی گئیں۔

باہر درخت ہوا میں سرسراتے رہے۔ اس کے ایک دوست نے گیلری میں سے لاؤنج میں آکر روشنی جلادی۔ وہ چونک کر صوفے پر سے اٹھ بیٹھا۔ "ابے یار کیا اینچیوں کی طرح بیٹھے ہو۔ تمہیں سارے میں تلاش کر ڈالا، چلو کارڈروم میں چلیں۔ وہاں روجرز کی لونڈیا بھی موجود ہے۔ تم نے تو ابھی سارا کلب بھی گھوم کر نہیں دیکھا۔ ذرا جاڑے نکلنے دو، تفریح رہے گی۔ سچ پوچھو تو یہ شہر اتنا برا نہیں۔ شروع شروع میں تو سبھی ہوم سک، محسوس کرتے ہیں لیکن بہت جلد ہم ان فضاؤں سے مانوس ہو جائیں گے"، اس کے دوست نے کہا۔

"ہاں بالکل ٹھیک کہتے ہو بھائی"، اس نے پائپ جلاتے ہوئے بے خیالی سے جواب دیا۔ "چلو ذرا پون ٹون ہی کھیلیں۔"

"تم چلو۔ میں ابھی آتا ہوں۔"

"جلد آنا۔ سب تمہارے منتظر ہیں" دوست نے باہر جاتے ہوئے کہا۔

برابر کے کمرے کا شور دھیما پڑ گیا۔ شاید وہ سب بھی کارڈ روم کی طرف چلے گئے تھے۔ کسی بیرے نے یہ سمجھ کر کہ لاؤنج میں کوئی نہیں ہے۔ دروازے میں سے ہاتھ بڑھا کر لیمپ کی روشنی بجھا دی اور آگے چلا گیا۔ لاؤنج میں پھر وہی نیم تاریکی پھیل گئی۔ رات کا سحر گہرا ہوتا جا رہا تھا۔

"بوبی ۔۔۔ بوبی ۔۔۔" وہ پھر چونک پڑا۔ اس نے پیچھے مڑ کر دیکھا۔ اس نام سے اس اجنبی جگہ میں اس کو کس نے پکارا۔ اس نام سے پکارنے والے اس کے پیارے ساتھی بہت پیچھے بہت دور رہ گئے تھے۔

بوبی ۔۔۔ بوبی ۔۔۔ نہیں ۔۔۔ وہاں پر کوئی نہ تھا۔ اس جگہ پر تو محض ممتاز صغیر احمد تھا۔ وہ ہنسی، وہ شور مچانے والا، خوب صورت آنکھوں کا مالک، سب کا چہیتا بوبی تو کہیں اور بہت پیچھے رہ گیا تھا۔ یہاں پر صرف ممتاز صغیر احمد موجود تھا۔ اس نے اپنا نام آہستہ سے پکارا۔ ممتاز صغیر احمد کتنا عجیب نام ہے۔ وہ کون ہے۔ اس کی ہستی کیا ہے کیوں اور کس طرح اپنے آپ کو وہاں پر موجود پا رہا ہے ۔۔۔ یہ انسان ۔۔۔ یہ انسان سب کچھ محسوس کر کے، سب کچھ بتا کے اب تک زندہ ہے۔ سانس لے رہا ہے۔ رات کے کھانے کا انتظار کر رہا ہے۔ ابھی وہ کارڈ روم میں جا کر پون ٹون کھیلے گا۔ کرنل فریزر کی لڑکی کے ساتھ ناچے گا۔ اتوار کو پھر اس شلجم کی ایسی شکل والی لڑکی سعیدہ کے گھر مدعو کیا جائے گا۔

"بوبی ۔۔۔ بوبی ۔۔۔" کوئینی بی بی ۔۔۔ اس نے چپکے سے جواب دیا۔ کوئینی بی بی ۔۔۔ وجو بھیا ۔۔۔ یہ تم ہو ۔۔۔؟ اس نے اندھیرے میں ہاتھ بڑھا کر کچھ محسوس کرنا چاہا۔ اس نے صوفے کے مخملیں کشن کو چھوا۔ مخمل اتنی گرم تھی، اور راحت پہنچانے

والی۔ دریچے کے باہر فروری کی ہوائیں سائیں سائیں کر رہی تھیں۔

بوبی۔۔۔ ہاں کوئینی بی بی۔ تم کہاں ہو۔ میں نے تمہاری آواز سنی ہے۔ ابھی تم اور لو کھکھلا کر ہنسی تھیں۔ لیکن وہاں لو بھی نہیں تھی۔ وجاہت بھی نہیں تھا۔ فریڈ بھی نہیں تھا۔

کوئینی بی بی۔۔۔ اس نے چپکے سے دہرایا۔ آٹھ پچپن۔ اس کی نظر گھڑی پر پڑ گئی وہ اس وقت، سینکڑوں ہزاروں میل دور، نشر گاہ کے اسٹوڈیو میں بیٹھی اپنے سامنے رکھے ہوئے بلٹین کے ٹھیٹ سنسکرت الفاظ نگلنے کی کوشش میں مصروف ہوگی۔ اور موسم کی رپورٹ سنا رہی ہوگی۔ گھڑی اپنی متوازن یکسانیت کے ساتھ ٹک ٹک کرتی رہی۔ وجاہت بھائی۔۔۔ تم اس وقت کیا کر رہے ہو۔۔۔ اور فریڈ۔۔۔ اور۔۔۔ اور۔۔۔ انیس۔۔۔

برابر کے کمرے میں لاہور سے موسم کی رپورٹ سنائی جا رہی تھی اور خالی کمرے میں اس کی آواز گونج رہی تھی۔ آج شمال میں برف باری ہوگی۔ شمال مغرب میں بارش کے چھینٹے پڑیں گے۔ جنوب میں تیز ہوائیں چلیں گی۔۔۔ گھڑی اسی طرح ٹک ٹک کرتی رہی۔ ٹک ٹک ٹک۔ ایک، دو، تین، چار، پانچ۔۔۔ چھ۔۔۔ چھ سال۔۔۔ یہ چھ سال۔۔۔ خداوند۔

اس تپش، اس تڑپ، اس بے چینی کے بعد آخر کار موت آتی ہے۔ آخر کار خدائے قدوس کا سپید تخت نظر آتا ہے۔ آخر کار وہ خوب صورت وژن دکھلائی پڑتا ہے۔ کوئینی نے آہستہ آہستہ کہا۔ پس منظر کی موسیقی دفعتاً بہت تیز ہوگئی۔

ہاں۔۔۔ آخر کار وہ خوب صورت وژن دکھلائی پڑتا ہے۔ ارے تم کدھر نکل آئے زندگی کی طرف واپس جاؤ۔ انقلاب اور موت کے تندرو آندھیوں کے سامنے زرد، کمزور

پتوں کی طرح بھاگتے ہوئے انسان۔ ہماری طرف واپس لوٹو۔۔۔ اس وژن کی طرف۔۔۔ اس وژن کی طرف۔۔۔ لو ٹھہر گئی۔ ٹھیک ہے؟ اس نے اپنے حصے کی آخری سطریں ختم کر کے اسکرپٹ فرش پر گرا دیا۔

"بالکل ٹھیک ہے۔ تھینک یو۔۔۔" کوئینی ہیڈ فون ایک طرف کو ڈال کر باہر آگئی۔

"لیکن ڈارلنگ تم نے ٹمپو پھر تیز کر دیا۔ خدا کے لیے دھیرے دھیرے بولا کرو۔"

"او گوش۔ یہ ٹمپو تو کسی چیز کا کبھی بھی ٹھیک نہیں ہو سکتا۔ کوئینی ڈرالنگ۔۔۔" لو نے اکتا کر جواب دیا۔

"بوبی۔۔۔ بوبی۔۔۔" گیلری میں سے وجاہت کی آواز سنائی دی۔ "ارے کیا وجو آیا ہے؟" کوئینی نے اسٹوڈیو کا دروازہ کھول کر باہر جھانکا۔

اس کا بھائی وجاہت انتظار کے کمرے میں کھڑا کسی سے باتیں کر رہا تھا۔ "بیٹا گھر چل رہی ہو؟" اس نے کوئینی سے پوچھا۔ "تم اس وقت کیسے آگئے؟" کوئینی نے دریافت کیا۔

"میں ابھی ابھی بوبی ممتاز کو برلنگٹن سے لینے آیا تھا۔ میں نے سوچا اگر تمہارا کام ختم ہو گیا ہو تو تمہیں بھی ساتھ لیتا چلوں"، وجاہت نے کہا۔ "بوبی ممتاز کون؟" کوئینی نے بے خیالی سے پوچھا۔

"ہے ایک۔۔۔" وجاہت نے اسی بے خیالی سے جواب دیا۔ بوبی ممتاز زینے پر سے اتر کے ان کی طرف آیا۔ "کہاں بھاگ گئے تھے؟" وجاہت نے ڈپٹ کر پوچھا۔ "ار۔۔۔ آداب۔۔۔" بوبی ممتاز نے کوئینی کی طرف مڑ کر کہا "تم ہی کوئینی بیٹا ہو نا؟"

"ہاں۔ تسلیم!" کوئینی ناخن کترتے ہوئے غور سے اس کے مطالعے میں مصروف تھی۔ کتنا سوئیٹ لڑکا ہے۔ اس نے دل میں کہا۔ "تو پھر چلو ہمارے ساتھ ہی گھر"، بوبی ممتاز نے کہا۔ "نہیں بھیا۔ ابھی مجھے وہ کم بخت موسم کی خبریں سنانی ہیں۔ آٹھ پچپن

ہو گئے۔" وہ انہیں گیلری میں کھڑا چھوڑ کر اسٹوڈیو میں تیزی سے گھس گئی۔ وہ دونوں باہر آ گئے۔

یہ خلوص، یہ سادگی، یہ اپنائیت ایسے پیارے دوست اسے آج تک کہیں نہ ملے تھے۔ بہت جلد وہ وجاہت کے سٹ میں گھل مل گیا۔ وہ سب کے سب اتنے دل چسپ تھے۔ لیونور اور شرجو 'لو' کہلاتی تھی، جس کی ماں امریکن اور باپ پہاڑی تھا۔ اس کی ترچھی ترچھی نیپالی آنکھوں کی وجہ سے سب اسے چنک چائی لو کہتے تھے اور فریڈ جس کا تبسم اتنا معصوم، اتنا پاکیزہ، اتنا شریف تھا۔ وہ اسے چھیڑنے کے لیے ہندستانی عیسائی فرقے کی مخصوص حماقتوں کا مذاق اڑاتے۔ لڑکیاں عیسائیوں کے بنے ہوئے انگریزی لہجے کی نقل کر کے اس سے پوچھتیں، "فریڈ ڈیر کیا آج تم کسی اپنا گرل فرینڈ کو باہر نہیں لے جانے مانگتا؟"

"کیوں تم سب میری اتنی ٹانگ کھینچتے ہو" وہ ہنس کر کہتا۔ وہ بہت اونچے عیسائی خاندان سے تھا۔ لیکن اسے اس طرح چھیڑنے میں سب کو بہت لطف آتا۔ وہ سب لو سے کہتے، "لو ڈیر اگر فریڈ اس سنڈے کو پروپوز کرے تو فوراً مان جاؤ۔ ہم سب تمہاری برائیڈز میڈز اور پیج بوائے بنیں گے۔" پھر وہ چلا چلا کر گاتیں، "سم سنڈے مارننگ۔"

وہ ۴۲ء تھا، جب بوبی ممتاز پہلی بار ان سب سے ملا۔ ہر سال کی طرح جب گرمیاں آئیں اور وہ لوگ مسوری جانے لگے تو وہ بھی ان کے ہم راہ مسوری گیا۔ کوئینی اور وجاہت کے 'وائلڈ' روز میں سب اکٹھے ہوئے۔ اور وہ وہاں پر بھی بہت جلد بے حد ہر دلعزیز ہو گیا۔

بڑی غیر دلچسپ سی شام تھی۔ وہ سب ہیک مینز کے ایک کونے میں بیٹھے سامنے سے گزرنے والوں کو اکتاہٹ سے دیکھ رہے تھے۔ اور چند ملنے والوں کے منتظر تھے۔

جنہیں وجاہت نے مدعو کیا تھا۔ اتنے میں گیلری میں سے چچی ارنا گزرتی نظر آئیں انہوں نے بالوں میں دو تین پھول ٹھونس رکھے تھے۔ اور خانہ بدوشوں کا سا لباس پہنے تھیں۔

"کوئی نیا جناور گرا ہے" یاسمین نے چپکے سے کوئینی سے کہا۔ "اماں چپ رہو یار"، کوئینی نے اسے ڈپٹ کر جواب دیا۔

"کیا ہوا؟" بوبی نے پوچھا۔ "کچھ نہیں"، کوئینی نے جواب دیا۔ اتنے میں ان کے مہمان آ گئے۔ اور وہ سب بظاہر بڑی سنجیدہ شکلیں بنا کر ان کے پاس جا بیٹھیں۔

"یہ چچی ارنا کون ہیں۔ تمہاری چچی ہیں؟" بوبی نے پوچھا۔ تازہ وارد مہمان سب ان ہی کی باتیں کر رہے تھے۔

"ارے نہیں بھئی"، کوئینی نے شگفتگی سے جواب دیا۔ "یہ سگرڈ کی ممی ہیں۔"

"سگرڈ کون؟" بوبی نے پوچھا۔ "ہے۔۔۔ ایک لڑکی۔۔۔" کوئینی نے بے خیالی سے گویا مزید تشریح کر دی اور پھر دوسری باتوں میں منہمک ہو گئی۔

اگلے روز وہ سب ٹہلنے کے لیے نکلے تو وجاہت نے تجویز کیا کہ وڈ اسٹاک کا چکر لگا آئیں۔ سگرڈ سے بھی ملتے آئیں گے۔ وہ ٹولیاں بنا کر پتھر اور چٹانیں پھلانگتے وڈ اسٹاک کے ہوسٹل کی طرف مڑ گئے۔

ایک بڑے سے سلور اوک کے نیچے بوبی ممتاز نے سگرڈ کو دیکھا۔ وہ عمارت کی ڈھلوان پر درختوں کے جھنڈ میں دوسری لڑکیوں کے ساتھ بیٹھی نٹنگ میں مشغول تھی۔ ان سب کو اپنی سمت آتا دیکھ کر وہ بچیوں کی طرح دوڑتی ہوئی کوئینی کے قریب آ گئی۔ کوئینی نے اس کا تعارف کرایا، "یہ ہمارے بوبی بھائی ہیں۔ اتنی بڑھیا ایکٹنگ کرتے ہیں کہ تم دیکھ کر بالکل انتقال کر جاؤ گی۔"

وہ بچوں کی طرح مسکرائی۔ وہ اس کا معصوم، پاکیزہ تبسم، ایکٹنگ ان دونوں کا

مشترکہ موضوع گفتگو بن گیا۔ وہ سب شام کی چائے کے لیے اکٹھے 'وائلڈ روز' واپس آئے۔

وہ زمانہ جو اس سال بوبی ممتاز نے مسوری میں گزارا، اس کی زندگی کا بہترین وقت تھا۔ مال پر سے ونسنٹ ہل کی طرف واپس آتے ہوئے ایک روز اس نے فریڈ سے کہا، "ٹھاکر پال فریڈرک رنبیر سنگھ۔۔۔ کیا تم جانتے ہو کہ اس وقت دنیا کا سب سے خوش قسمت انسان کون ہے؟" فریڈ نے سنجیدگی سے نفی میں سر ہلایا۔

"سنو" اس نے کہنا شروع کیا۔ "جس طرح اکثر اخباروں کے میگزین سیکشن میں ایک کالم چھپتا ہے کہ دنیا کی سب سے اونچی عمارت ایمپائر اسٹیٹ بلڈنگ ہے۔ دنیا کا سب سے بڑا پل سڈنی میں ہے۔ دنیا کا امیر ترین شخص نظام حیدر آباد ہے۔ اسی طرح اس مرتبہ چھپے گا کہ دنیا کا سب سے خوش قسمت شخص ممتاز صغیر احمد ہے۔ سمجھے ٹھاکر صاحب۔۔۔ ممتاز صغیر۔۔۔ کیا سمجھے؟"

فریڈ کھکھلا کر ہنس پڑا۔ وہ بہت ہی گرانبار، سنجیدہ، سلجھا ہوا آدمی تھا۔ اس کی عمر اکتیس بتیس سال کی رہی ہوگی۔ بہت ہی کنفرمڈ قسم کا بیچلر تھا اور سارے بیچلرز کا مانا ہوا گرو۔ اپنے ایک نہایت ہی سعادت مند چیلے سے یہ بچوں کی سی بات سن کر وہ صرف ہنستا رہا۔ اور اس نے بوبی کو کوئی جواب نہ دیا۔ بوبی بے فکری سے سیٹی بجاتا آگے چلا گیا۔

سڑک کی ڈھلوان پر سے مڑتے ہوئے اس کی نظر ایک بڑی سی دو منزلہ کوٹھی پر پڑی جسے اس نے آج تک نوٹس نہ کیا تھا۔ شاید اس کی وجہ یہی رہی ہو کہ اس وقت اس کے احاطے میں خوب گہما گہمی نظر آرہی تھی۔ دروازوں پر روغن کیا جارہا تھا۔ چھت پر بھی نیا سرخ رنگ کیا گیا تھا۔ ایک ادھیڑ عمر کے داڑھی دراز بزرگوار برآمدے میں کھڑے قلیوں اور نوکروں کو ہدایات دے رہے تھے۔ بڑا کروفر۔ بڑی شان وشوکت نظر

آرہی تھی۔

"یہ کس کا مکان ہے بھئی؟" بوبی نے ایک قلی سے پوچھا۔ "یہ۔۔۔؟ قاضی جلیل الرحمن کا ایشلے ہال"، قلی نے بڑے رعب سے اسے مطلع کیا۔ اور آگے چلا گیا۔

سیاہ بادل بہت تیزی سے بڑھتے آرہے تھے۔ یک لخت بارش کا ایک زور دار ریلا آگیا۔ بوبی نے اپنی برساتی سنبھال کر جلدی سے 'وائلڈ روز' کے راستے چڑھائی طے کرنی شروع کردی۔

وہ جولائی کا دوسرا ہفتہ تھا۔ موسم گرما کی چھٹیاں ختم ہورہی تھیں۔ چند روز بعد وہ سب مسوری سے واپس آگئے۔

لیکن قاضی جلیل الرحمن اور ان کے بھانجے انیس کو موسمی تعطیلات کے ختم ہوجانے کی پروانہ تھی۔ وہ مراد آباد کے نواح کے زمین دار تھے۔ ان کے پاس وقت اور روپے کی فراوانی تھی۔ اور ان دونوں چیزوں کا کوئی مصرف ان کی سمجھ میں نہ آتا تھا۔ اسی وجہ سے دونوں ماموں بھانجے مسوری آئے تھے اور پانی کی طرح روپیہ بہانے میں مصروف تھے اور اکتوبر سے پہلے ان کا مراد آباد جانے کا کوئی ارادہ نہ تھا۔

انیس کے والد کا سال بھر قبل انتقال ہوچکا تھا۔ اور اس کے ماموں قاضی صاحب نے خود کو اس کا غیر قانونی مشیر مقرر کررکھا تھا۔ ان کا اثر اس پر بہت زیادہ تھا۔ قاضی صاحب بے حد دل چلے اور شوقین آدمی تھے۔ بہنوئی کے انتقال کے بعد انہوں نے اندازہ لگایا کہ لڑکا بہت سیدھا اور خاصا کم عمر ہے اور ساری ریاست اب ان کے ہاتھ میں ہے، لہذا اب توراوی چین لکھتا ہے۔ چناں چہ انیس کے والد کی برسی کے بعد پہلا کام جو انہوں نے کیا وہ یہ تھا کہ پہاڑ پر چل کے رہنے کے فوائد اسے ذہن نشین کرانے شروع کیے۔ اس کے حوالیوں موالیوں نے بھی اٹھتے بیٹھتے اس سے کہا کہ سرکار اک ذری تھوڑی

دور کسی فرحت بخش مقام پر ہو آویں تو غم غلط ہووے گا۔ وہ فوراً مان گیا اور اپنا لاؤ لشکر لے کر قاضی صاحب کی قیادت میں مسوری آن پہنچا۔ طے کیا گیا کہ ہوٹل میں ٹھہرنا جھول ہے اور اٹھائی گیروں کا کام ہے جن کا کوئی ٹھور ٹھکانا نہیں ہوتا۔ ہری چگ کی طرح آئے اور ہوٹل میں ٹھہر گئے۔ لہذا ایک عمدہ سی کوٹھی خریدنا چاہئے۔ انیس نے کہا کہ یہاں کی سب سے بڑھیا کوٹھی کون سی ہے وہی خرید لی جائے۔ لوگوں نے بتایا کہ کپور تھلہ ہاؤس یہاں کی بہترین کوٹھی سمجھی جاتی ہے۔ کوٹھی کیا اچھا خاصا محل ہے۔ انیس نے فوراً اپنی چیک بک نکالی۔ "لاؤ پھر اسے ہی خرید لیتے ہیں"، اس نے کہا۔

"اماں یار باؤلے ہوئے ہو کیا۔ کپور تھلہ ہاؤس تم خرید لوگے بھلا؟" ایک دوست نے قہقہہ لگا کر کہا۔ "حضور دوسرا بہترین مکان بھوپال ہاؤس ہے۔ لیکن اتفاق سے وہ بھی بک نہیں سکتا۔ تیسری بہترین کوٹھی اسپرینگ ڈیل ہے اور چوتھی کوٹھی حضور کے لائق ایشلے ہال ہے"، ایک مصاحب نے اطلاع دی۔

ایشلے ہال خرید لی گئی۔ اسے بہترین ساز وسامان سے آراستہ کیا گیا۔ دہرہ دون سے گوانیز ملازم اور ایک اینگلو انڈین ہاؤس کیپر منگوائی گئی اور ایشلے ہال مسوری کی چوتھی بہترین کوٹھی کہلانے لگی۔

انیس جب پہلے پہل مسوری گیا ہے اس کی تعلیم بقول شخصے صرف سرسی سے سنبھل تلک کی تھی۔ نویں کلاس سے اس نے اسکول چھوڑ دیا تھا۔ اس سے آگے پڑھنے کی ضرورت ہی نہ تھی۔ البتہ شیر کے شکار اور شہسواری اور برج اور گھوڑ دوڑ کے میدان میں روہیل کھنڈ بھر میں دور دور کوئی اس کا مقابلہ نہ کر سکتا تھا۔ سولہ سال کی عمر میں اس کی شادی کنبے کی ایک لڑکی سے کر دی گئی تھی جو ایک اور زمین دار کی اکلوتی بیٹی تھی۔ اپنی جاگیر پر بیٹھا چین کی بنسی بجاتا تھا۔

یشلے ہال خرید کر مسوری میں جب اس نے رہنا شروع کیا تو وہاں کی پہلی جھلک سے اس کی آنکھیں چکا چوند ہو گئیں۔ اور اس نے سوچا کہ یار یہ جو اب تک ہم مراد آبا، سنبھل اور امروہے میں پڑے تھے وہ اتنی عمر تو گویا برباد ہی گئی۔ یہاں تو ایک عجیب وغریب دنیا آباد تھی۔ انسانوں کی بستی تھی۔ یا اندر کا اکھاڑہ۔ چودہ طبق روشن ہو گئے۔ لیکن مصیبت یہ آن پڑی کہ یشلے ہال کا مالک اور مسوری کا سب سے زیادہ روپیہ خرچنے والا میزبان، لیکن بالکل تازہ تازہ دیہاتی جاگیر دار۔ ادھر ادھر تو کام چل جاتا تھا لیکن خواتین کی سوسائٹی میں بڑی مشکل کا سامنا کرنا پڑتا تھا۔ پہلا کام اس نے یہ کیا کہ ایک اینگلو انڈین لیڈی کمپنین کی خدمات حاصل کیں۔ جو اسے صحیح انگریزی بولنا اور بال روم ناچ سکھائے۔ چند ہی مہینوں میں وہ ایک اور فر فر انگریزی بولنے والا بے حد ویل ڈرسیڈ انیس تھا جو مسوری کا سب سے زیادہ ہر دلعزیز شخص سمجھا جاتا تھا۔ بالکل ہی کایا پلٹ ہو گئی۔

اگلے سال ۴۳ء کی گرمیوں میں جب کوئینی وجاہت اور ان کا گروپ مسوری پہنچا تو انہیں ایک تازہ وارد اجنبی بال رومز کی سطح پر بہتا نظر آیا۔ جس نے ہر طرف دھوم مچا رکھی تھی۔ وجاہت اسے پہلے سے جانتا تھا۔ لیکن اس اچانک کایا پلٹ پر وہ بھی اسے نہ پہچان سکا۔ اس سال وہاں سارے مشہور ٹینس اسٹارز جمع تھے۔ مس اعزاز، مس کا جی۔ غیاث محمد۔ علی نگر کی عبید اللہ بہنیں۔ ان کی بھاوج شاہندہ احسان عبید اللہ، بمبئی سے جیوتی بھی حسب معمول آیا تھا۔ سیزن اپنے عروج پر تھا۔ لکھنؤ کی کھوچڑ بہنیں بھی ہمیشہ کی طرح موجود تھیں۔ نرملا، پرکاش، وائلٹ، روبی او بز روزا کی پیشین گوئی تھی کہ روبی کھوچڑ اس دفعہ سالانہ مقابلہ حسن میں سگر ڈربانی سے سبقت لے جائے گی۔ یشلے ہال کی پارٹیوں میں یہ سب اکثر نظر آتیں۔

ایک روز ہیک منیز میں انیس رقص کا پہلا دور ختم کر کے کوئینی کی طرف آیا اور اسے سلام کر کے وجاہت کے قریب جا بیٹھا۔ "ابے اوبغ چونچ۔۔۔ یہ سوٹ بوٹ کیسے ڈانٹ لیا۔ یہ کیا سوانگ بھرا ہے ایں؟" وجاہت نے اسے ڈانٹ کر پوچھا۔

اس نے ادھر ادھر دیکھ کر لڑکیوں کی موجودگی میں ذرا جھینپتے ہوئے چپکے سے وجاہت سے پوچھا، "کیوں یار اب ٹھیک لگتا ہوں نا۔۔۔؟"

"ذرا اس گدھے کو دیکھنا یاسمین ڈارلنگ، خود تو شام کا لباس پہن کر ناچتا پھر رہا ہے اور بیوی کو وہیں قصبے میں چھوڑ رکھا ہے۔ ایسے آدمیوں کو تو بس۔۔۔" کوئینی نے غصے کے ساتھ چپکے سے کہا۔

اس کے اگلے دن کوئینی اپنے مکان کے اوپر کے برآمدے میں آرام کرسی پر کاہل بلی کی طرح لیٹی پڑھنے میں مشغول تھی کہ دفعتاً اسے برآمدے کے شیشوں میں سے نظر آیا کہ نشیب میں خان بہادر اعجاز احمد کے کاٹج کے سامنے رکشائیں کھڑی ہیں۔ بہت سے لوگ آجا رہے ہیں اور خوب چہل پہل ہے۔ یہاں تک کہ ان کے باورچی خانہ میں سے دھواں تک اٹھ رہا ہے۔ یہ بے حد عجیب اور نئی بات تھی۔ کیوں کہ خان بہادر صاحب کا خاندان عموماً یا دوسروں کے ہاں مدعو رہتا تھا یا ہوٹلوں میں کھانا کھاتا تھا۔ وہ بڑی حیرت سے یہ منظر دیکھتی رہی۔ اسی وقت بارش شروع ہو گئی۔ اور تھوڑی دیر بعد وجاہت اور بوبی برساتیوں سے لدے پھندے بھیگتے بھاگتے نچلی منزل کی گیلری میں داخل ہوئے۔ وہ ابھی زینے ہی پر تھے کہ کوئینی چلائی، "ارے وجو بوبی بھیا جلدی سے اوپر آؤ۔۔۔"

اور جس وقت وجاہت اور بوبی برآمدے کے دریچے میں آکھڑے ہوئے انہیں انیس اپنا بہترین سوٹ پہنے سگار کا دھواں اڑاتا خان بہادر صاحب کے کاٹج میں سے نکلتا نظر آیا۔

"اچھا۔۔۔ یہ بات ہے۔۔۔" وجاہت نے بہت آہستہ سے کہا۔ اسے اور بوبی کو اتنا رنجیدہ دیکھ کر کوئینی کا سارا اکسائیٹ منٹ رفو چکر ہوگیا۔ اور وہ بھی بڑی فکر مندی کے ساتھ دونوں کی کرسیوں کے نزدیک فرش پر بلی کی طرح آبیٹھی اور چہرہ اوپر اٹھا کر دونوں لڑکوں کو غور سے دیکھنے لگی۔ وہ دونوں خاموش بیٹھے سگریٹ کا دھواں اڑا رہے تھے۔

چچ چچ چچ۔۔۔ بے چارہ سوئیٹ بوبی ممتاز۔ کوئینی نے بے حد ہمدردی سے دل میں سوچا۔ لیکن زیادہ دیر تک اس سے اس سنجیدگی سے نہ بیٹھا گیا۔ وہ چپکے سے اٹھ کر بھاگی بھاگی گیلری میں پہنچی اور یاسمین کو فون کرنے کے لیے ریسیور اٹھایا۔

"میں نے تم سے کہا تھا کوئینی ڈیر کہ اس سال تو کوئی اور بھی براجناور گرا ہے۔ اس پچھلے سال والے کسی جناور سے بھی بڑا" دوسرے سرے پر یاسمین بڑی شگفتگی سے کہہ رہی تھی۔ "اور سنو تو۔۔۔ کل میں نے سگرڈ کو نیا لیپرڈ اسکن کوٹ پہنے دیکھا۔ ایسا بڑھیا کہ تم نے کبھی خواب میں بھی نہ دیکھا ہو گا۔ اور چچی ارنا کا نیا ایوننگ گاؤن۔ اصلی ٹیفیٹا ہے۔ اس جنگ کے زمانے میں اصلی ٹیفیٹا کوئینی ڈارلنگ۔۔۔ اور ٹوٹو کہہ رہی تھی کہ اس نے مسز راج پال سے سنا جنہیں بیگم فاروقی نے بتایا کہ مسز نارنگ نے ان سے کہا کہ آج کل خان بہادر صاحب کے ہاں کی خریداری کے سارے بل لیلارام اور فینسی ہاؤس والے سیدھے یشلے ہال بھیج دیتے ہیں۔۔۔ اوگوش۔"

"اوگوش۔۔۔" کوئینی نے اپنی آنکھیں بالکل پھیلا کر پھولے ہوئے سانس سے دہرایا۔

بارش ہوتی رہی۔ ریسیور رکھ کر وہ آہستہ آہستہ چلتی ہوئی اوپر آگئی اور دریچے میں کہنیاں ٹیک کر بے دلی سے باہر کا منظر دیکھتی رہی جہاں پانی کے پھواروں کے ساتھ

بادلوں کے ٹکڑے ادھر ادھر تیرتے پھر رہے تھے۔ وادی کے نشیب میں خان بہادر صاحب کے کاٹج میں پیانو بج رہا تھا اور چچی ارنا اپنے برآمدے میں کھڑی کسی سے باتیں کر رہی تھیں۔

چچی ارنا سوئیڈش تھیں۔ جب وہ پہلی بار اپنے شوہر کے ہم راہ ہندوستان آئی تھیں۔ اس وقت ان کا خیال تھا کہ سر آغا خاں کے اس سنہرے دیس میں وہ بھی ایک مرمریں محل سرا میں کسی الف لیلیٰ سلطانہ کی طرح رہا کریں گی۔ لیکن جب وہ یہاں پہنچیں تو انہیں پتہ چلا کہ مرمریں ستونوں اور ایرانی قالینوں والی محل سرا کے بجائے ان کے شوہر اصغر ربانی لکھنؤ کے ایک نہایت گندے محلے وکٹوریہ گنج میں رہتے ہیں۔ جہاں ایک بوڑھی ماں ہے جو ہر وقت امام کی مجلسوں میں چلا چلا کر رونے میں مصروف رہتی ہے۔ چار پانچ جاہل اور کالی اور سخت بے ہنگم بہنیں اور بھاوجیں ہیں۔ ان سب عورتوں کی ساری سوسائٹی جھوائی ٹولہ اور مولوی گنج اور نخاس کی گلیوں تک محدود ہے جہاں وہ سب ڈولیوں پر کتے کی طرح ہانپتے ہوئے انسانوں کے کاندھوں پر لد کے، پردے دار تانگوں میں سوار ہو کے کبھی کبھار اسی طرح کے دوسرے گندے مکانوں اور ان ہی کی قسم کی دوسری بے ہنگم عورتوں سے ملنے جایا کرتی ہیں۔

ارنا کرسینا پر یہ سب دیکھ کر بے ہوشی کا سا عالم طاری ہو گیا۔ ان کے پیارے شوہر نے انہیں دلاسا دیا کہ جب ان کا کاروبار چمک جائے گا تو وہ شہر سے باہر گومتی کے کنارے سول لائنز میں یا چھاؤنی میں کوٹھی لے کر رہا کریں گے۔ لیکن وہ برسوں تک اس ٹاٹ کے پردوں والے مکان سے نہ نکل سکیں۔ ان کے بالکل سونے کی رنگت کے دمکتے ہوئے بال تھے۔ نیلی آنکھیں تھیں اور گلاب کے شبنم آلود شگوفوں کی ایسی رنگت تھی۔ لیکن وائٹ ویز کے ہاں کے ملبوسات پہن کر چھتر منزل کلب میں جگمگانے کے بجائے ان کی

قسمت میں تو یہی زک بھوگنا لکھا تھا کہ ٹوریہ گنج کے اس مکان کی ایک صحنچی میں بیٹھی ٹھیٹ ہندوستانی ماؤں کی طرح محض سگرڈ کو پالتی رہیں اور اپنے میاں کو کوسا کریں۔ اصغر ربانی اٹھتے بیٹھتے انہیں اطمینان دلاتے، "بس ڈارلنگ چند روز کی بات اور ہے پھر ہم چل کر الگ رہیں گے۔ تمہیں کون سی جگہ زیادہ پسند ہے، ٹرانس گومتی سول لائنز یا دل کشا؟"

"جہنم میں جائے تمہاری ٹرانس گومتی" اور ارنا کرٹینا پھوٹ پھوٹ کر رونے لگیں۔ واقعی یہ ان کے لیے بڑا صبر آزما زمانہ تھا۔ اچھی اچھی ہندوستانی لڑکیوں کے جنہیں باہر کی ذراسی بھی ہوا لگ چکی ہوتی۔ اس ماحول میں دہشت زدہ ہو جاتیں۔ وہ پھر خالص ولائتی تھیں۔

کئی برس اسی طرح لشٹم پشٹم گزر گئے۔ آخر ایک سال اصغر ربانی کسی طرح روپیہ فراہم کر کے انہیں گرمیاں گزارنے کے لیے مسوری لے گئے۔ وہاں چچی ارنا کی ملاقات اصغر ربانی کے ایک دوست خان بہادر اعجاز احمد سے ہوئی جو ریٹائرڈ ڈپٹی کلکٹر تھے، اور بڑے ٹھاٹ سے وہاں زندگی گذارتے تھے۔ چچی ارنا نے ان سے شادی کر لی۔ اور سگرڈ کو ڈواسٹاک اسکول میں داخل کر دیا۔ اور اسی طرح کی زندگی گزارنے لگیں جس کی انہیں اتنی شدید تمنا تھی۔ اس دن سے لے کر آج تک کسی کو اصغر ربانی کے متعلق معلوم نہ ہو سکا کہ وہ کہاں ہیں اور کس حال میں ہیں۔ ان کے لیے طرح طرح کی روایتیں مشہور ہیں۔ کسی نے انہیں جمنا کے کنارے داڑھی اور جٹائیں بڑھائے، سادھوؤں کے ساتھ گھومتے دیکھا۔ آخری اطلاع ان کے متعلق یہ تھی کہ کاروبار میں سخت نقصان اٹھانے کے بعد اپنا باقی ماندہ روپیہ لے کر وہ جنوبی افریقہ چلے گئے۔

سگرڈ جب بڑی ہوئی اس وقت تک وہ وکٹوریہ گنج کے مکان اور اپنے باپ کو بالکل بھول چکی تھی۔ وہ اب مسوری کی 'بال آف فائر' کہلاتی تھی۔ اس کا رنگ بالکل سفید نہیں

تھا، اس میں ہلکے ہلکے ہندوستانی سانولے پن کی جھلک تھی۔ اس کی آنکھیں بچوں کی طرح بڑی بڑی اور سیاہ تھیں۔ چچی ارنا کیتھولک تھیں۔ کیتھولک مذہب میں جو گمبھیرتا ہے اس کا پورا پورا اثر سگرڈ کی اس طبیعت نے قبول کیا تھا۔ اس کے چہرے پر عجیب طرح کی فرشتوں کی سی معصومیت برستی تھی۔ سوسائٹی لڑکیوں میں اکثر جو چھچھوراپن سطحیت اور چمک دمک ہوتی ہے وہ اس سے کوسوں دور تھی۔ اسے دیکھ کر لگتا تھا جیسے دنیا سے الگ تھلگ، سینٹ میری کی مقدس راہبات کی کسی خانقاہ میں سے نکل کر چلی آرہی ہے۔

"خداوندا۔۔۔ کیا سگرڈ ایسی بھی ہوسکتی ہے۔۔۔" کوئینی نے برآمدے کے دریچے میں کھڑے کھڑے ایک اور جمائی لے کر بڑے دکھ کے ساتھ سوچا۔ اسے پھر بوبی ممتاز کا خیال آیا جو سمجھتا تھا کہ سگرڈ ہی وہ لڑکی ہے جس کا وہ جنم جنم سے انتظار کرتا آیا تھا۔ جو روبی کھوچڑ اور انوری خاں اور نشاط اسٹینلے اور ان کی طرح کی دوسری لڑکیوں سے بہت بلند ہے۔ بہت بلند اور بہت مختلف۔۔۔ خداوندا۔۔۔ وہ بے دلی سے وادی کے نیلے اور سفید پھولوں پر بارش کی پھواروں کو برستا دیکھتی رہی۔ چچی ارنا کے کاٹج میں سے پیانو کی آواز بدستور بلند ہو رہی تھی۔ کوئی بڑے اچھے سروں میں "سوانی۔۔۔ ہاؤ آئی لو یو۔۔۔ ہاؤ آئی لو یو" کا پرانا نغمہ بجا رہا تھا۔

اسی شام 'وائلڈ روز' سے واپسی پر بوبی ممتاز کو راستے میں نشاط اسٹینلے مل گئی۔ نشاط اسٹینلے بمبئی ریڈیو سے انگریزی میں اناؤنسمنٹ کرتی تھی اور کمرشل آرٹ کی تعلیم حاصل کر رہی تھی جو انتہائی بدشکل تھی۔ لیکن نہ جانے کس طرح انتہائی دل کش معلوم ہوئی تھی۔

"اوہلو بوبی ممتاز۔ تمہیں آج اتنے چاندوں کے بعد دیکھا ہے۔ کہاں تھے؟" اس نے چلا کر کہا۔ "کہیں نہیں۔۔۔ یہیں تھا۔۔۔" بوبی نے اکتائے ہوئے انداز میں جواب دیا اور

اپنی شراب انڈیلنے والی آنکھیں دوسری طرف گھما دیں۔ وہ ایک ہرنی کی طرح جست بھر کے پگڈنڈی پر سے پھر ان آنکھوں کی زد میں آکھڑی ہوئی۔

"او جیزس۔۔۔ صدیوں کے بعد نظر آئے ہو۔ کیا سگرڈ ربانی کے چھن جانے کا سوگ منا رہے ہو؟ بے وقوف ہو۔ سوگ کرنے کے بجائے آؤ اس حادثے کو سے لے بریٹ کریں"، اس نے بشاشت سے کہا۔ اور اسے کھینچتی ہوئی اسٹینڈرڈ کی طرف لے گئی۔ اور وہاں ایک لاؤنج میں پہنچ کر دھم سے ایک کرسی پر گرتے ہوئے وہ بیرے کو احکامات دینے میں مصروف ہوگئی۔

بوبی بے دلی سے اسے دیکھتا رہا۔ اسے اس لڑکی سے اتنی نفرت تھی۔ پھر بھی اس لڑکی میں ایک عجیب نا قابل بیان، تکلیف دہ کشش تھی۔ اتنی بدشکل۔۔۔ بدشکل۔۔۔ اس نے کوئی تشبیہ سوچنی چاہی۔ لیکن نشاط اسٹینلے کی شخصیت سے موازنہ کرنے کے لیے کوئی مناسب چیز اس کی سمجھ میں نہ آئی۔ یہ لڑکی جو فخریہ کہتی تھی کہ مجھ سے بڑا فلرٹ اس روئے زمین پر آپ کو دستیاب نہ ہوگا۔ وہ الہ آباد کے ایک بہت اعلی عیسائی خاندان سے تعلق رکھتی تھی اور بڑی ہمدرد، بڑی فیاض بے حد نیک دل لڑکی تھی۔ اکثر وہ جذباتی بن کر اپنے دوستوں سے کہتی۔ لوگ مجھے اتنا برا سمجھتے ہیں، کاش کوئی مجھے پہچان سکتا کاش لوگ اتنے بے وقوف، گدھے نہ ہوتے۔

پھر اس نے بیرے کی طرف سے مڑ کر بوبی سے، "بوبی ڈیر کیوں ایسی رونی شکل بنائے بیٹھے ہو۔ بے وقوف ذرا اور دریچے سے باہر نظر ڈالو۔ کائنات اتنی بشاش ہے، ارغوانی بادل جھکے ہوئے ہیں، ٹھنڈی ہوائیں چل رہی ہیں وادیوں میں نیلے پھول کھل رہے ہیں۔ کیا ایسے میں تم رنجیدہ رہ سکتے ہو؟ الو ہو بالکل۔"

بوبی ہنس پڑا۔ اور پھر وہ دونوں بچوں کی سی مستعدی سے ادھر ادھر کی باتیں کرنے

اور قہقہے لگانے میں مشغول ہوگئے۔ باہر پہاڑوں کی برف پر جگمگاتی ہوئی چاندنی زیادہ خوش گوار ہوگئی۔ "سوانی ہاؤ آئی لویو۔۔۔ ہاؤ آئی لویو۔۔۔" کا پامال نغمہ جو ڈانس بینڈ والے ہال کے سرے پر بجا رہے تھے۔ یک لخت بالکل نیا بہت انوکھا اور بے حد اچھا معلوم ہونے لگا۔

دفعتاً بوبی کو خیال آیا۔ میں اس وقت یہاں نشاط اسٹینلے کے ساتھ بیٹھا ہوں۔ اگر کوئینی نے مجھے اس لڑکی کے ساتھ اتنی بے تکلفی سے باتیں کرتے دیکھ لیا تو اسے کتنا شوک پہنچے گا۔ پھر اس نے ضدی بچوں کی طرح سر جھٹک کر سوچا۔ اگر اس وقت کوئینی اور اس کی جیسی باعزت اور اونچی لڑکیوں کی ایک پوری بریگیڈ یہاں آکر کھڑی ہو جائے اور مجھے اس کے ساتھ بیٹھا دیکھ کر بے ہوش ہو جائے تب بھی میں ذرا پروانہ کروں گا۔ قطعی پروانہ کروں گا۔ یہ لڑکی کتنی پیاری تھی کتنی ہمدرد تھی۔ بالکل کسی پیاری سی بہن کی طرح ہمدرد۔ اسے یاد آیا کل کسی نے اس کے متعلق کیسی کیسی عجیب اور خوف ناک باتیں اسے بتائی تھیں۔ ارے نہیں نشاط۔ اس نے چلا کر کہنا چاہا۔ تم ایسی نہیں ہو۔ اس کا جی چاہا کہ وہ کرسی پر چڑھ کر سارے اسٹنڈرڈ، ساری مسوری، ساری دنیا کو بتائے۔ یہ لڑکی نشاط اسٹینلے بری نہیں ہے۔ تم سب خود برے ہو۔ تم میں اخلاقی قوت نہیں ہے۔ اس لیے اپنی جھینپ مٹانے کی خاطر تم اسے برا کہتے ہو۔۔۔ تم لوگ۔۔۔

"ہلو بوبی بھیا۔۔۔ تم یہاں ہو۔ ہم تمہیں سارے میں ڈھونڈ آئے" اس نے چونک کر دیکھا۔ اس کے سامنے کوئینی کھڑی تھی جو اسی وقت لو، فریڈ اور کملا کے ساتھ اندر داخل ہوئی تھی۔ وہ ذرا گھبرا کر تعظیماً کھڑا ہو گیا اور اس کے لیے کرسی خالی کر دی۔ نشاط اسی طرح بے فکری سے کرسی پر نیم دراز ایک گیت گنگناتی رہی۔

"ہلو کوئینی" اس نے بے پروائی سے جمائی لیتے ہوئے کہا۔ "ہلو نشاط" کوئینی نے

بڑے ہی بااخلاق لہجے میں جس میں یہ ملحوظ رکھا گیا تھا کہ اس کا روکھا پن اور مربیانہ، بے تعلق انداز سب کو محسوس ہو جائے۔ اسے جواب دیا۔

"ہمیں ابھی زینے پر روبی کھوچڑ ملی تھی۔ وہ کہہ رہی تھی کہ اس سال مقابلہ حسن میں اس کا اول آنا یقینی ہے۔ کیوں کہ اس کی حریف سگرڈ ربانی اس مرتبہ مقابلہ میں شامل نہیں ہو رہی ہے۔ جس کی وجہ یہ ہے کہ انیس کی اجازت نہیں کہ وہ اس قسم کی خرافات میں شرکت کرتی پھرے"، لو نے جھک کر بوبی کو بتایا۔

"انیس کی اجازت نہیں؟" نشاط نے دفعتاً اٹھ کر بیٹھتے ہوئے پوچھا، "اسے اس قدر اختیارات سگرڈ پر کب سے حاصل ہو گئے۔ کیا وہ اس سے شادی کر رہا ہے؟"

"ارے نہیں بھئی۔۔۔ شادی کون مسخرہ کر رہا ہے"، لو نے بے فکری سے جواب دیا۔ "ہاں۔ بوبی بھیا ہم تم سے یہ کہنے آئے تھے کہ کل موتی بھائی نے ہم سب کو ہیک مینز مدعو کیا ہے۔ سگرڈ کی دعوت ہے دراصل۔ موتی بھائی کہہ رہے تھے کہ اس سیزن میں یہ ان کی پہلی پارٹی ہے۔ لہٰذا ہم سب کو شامل ہونا پڑے گا۔ ضرور آنا بوبی۔ اور تم بھی نشاط۔۔۔"

"چلو بوبی ڈیر ناچیں۔۔۔" نشاط نے جمائی لیتے ہوئے بوبی سے کہا۔

اگلی صبح، بہت تھکاماندہ اور رنجیدہ شکل بنائے موتی لال 'وائلڈ روز' پہنچا۔ "لو بھئی وجو"، موتی بھائی پہنچے، "کوئینی نے نٹنگ کرتے کرتے اوپر کے برآمدے کے دریچے میں سے جھانک کر وجاہت سے کہا۔ اور اس قدر فلسفیوں کی طرح چل رہے ہیں کہ حد ہے۔ کیا مصیبت ہے آج کل جسے دیکھو ایسا لگتا ہے کہ بس اب رو دے گا۔"

موتی لال زینے کے دروازے میں سے برآمدے میں داخل ہو گئے۔

"دیکھی تم نے اس قاضی انیس الرحمن کی حرکت۔ سگرڈ کو اب کسی سے ملنے نہیں

دیتا،"اس نے صوفے پر بیٹھتے ہوئے کہا۔"ارے تم نہیں جانتے چچی ارنا کی سیاست موتی بھائی"، کوئینی نے اس سے کہا۔"جہنم میں جائیں چچی ارنا"، وہ اکتا کر دریچے سے باہر دیکھنے لگے۔ جہاں سرمئی بادل تیرتے پھر رہے تھے۔"بہر حال تم لوگ آج میری پارٹی میں تو ضرور آؤگے نا؟"اس نے پوچھا۔

"قطعی"، وجاہت نے شیو کرتے کرتے جواب دیا اور آئینے میں اپنی ناک کو بڑے غور سے دیکھنے میں مصروف ہو گیا۔

"میں جلد ہی بمبئی جا رہا ہوں"جیوتی لال نے دفعتاً سر اٹھا کر کہا۔"کیوں۔۔۔؟ یہ کیا وحشت؟ کم از کم ٹینس کے سیمی فائنلز تک تو رک جاؤ۔ کل عالم کا جی تمہیں پوچھ رہی تھی"، کوئینی نے کہا۔"جہنم میں جائے عالم کا جی بھی؟"وجاہت نے سنجیدگی سے پوچھا۔ جیوتی لال ہنسنے لگے۔ وہ عموماً اتنا نون سیریس رہتے کہ اسے اتنا سنجیدہ اور غمگین دیکھ کر کوئینی کو بے حد ہنسی آئی۔

تیسرے پہر کو، جب کہ سب لوگ جیوتی لال کی پارٹی میں جانے کی تیاری میں مصروف تھے، کسی دل چلے نے ایشلے ہال جا کر انیس کو یہ خبر دی کہ موتی لال نے آج سگرڈ کو مدعو کیا ہے۔

"کب؟ کہاں۔ کس وقت؟"انیس یہ سن کر تلملا کر اٹھ کھڑا ہوا۔ چنانچہ اس کی موجودگی میں کسی اور کی یہ ہمت کہ سگرڈ کو باہر لے جائے۔"اگر موتی لال یہ سمجھتے ہیں کہ وہی ایک اکیلے شہزادہ گلفام ہیں تو انہیں بہت جلد اس مغالطے سے نکلنا چاہئے"، اس نے غصے سے کہا۔

جیوتی لال کی پارٹی کا وقت چھ بجے تھا۔ اس وقت سوا پانچ بجے تھے۔ دفعتاً انیس کو کوئی خیال آیا، وہ تیز تیز قدم رکھتا ایشلے ہال کی سیڑھیاں اتر کر مال پر آیا اور ہیک منیز کی

طرف روانہ ہو گیا۔ مسز ہیک مین کے پاس پہنچ کر اس نے کہا وہ ریسٹوران کا ایک حصہ فوراً اپنے لیے مخصوص کروانا چاہتا ہے۔ مسز ہیک مین نے جواب دیا کہ افسوس ہے کہ وہ حصہ ایک ہفتے پہلے ہی آج شام کی ایک پارٹی کے لیے مخصوص کروالیا گیا ہے۔

"کیا آپ کسی طرح اس ریزرویشن کو کینسل نہیں کر سکتیں؟ اس نے پوچھا۔ "یہ کس طرح ممکن ہے مسٹر انیس۔ اس کا پیشگی کرایہ دے دیا گیا ہے"، انہوں نے جواب دیا۔ "لیکن میں چاہتا ہوں کہ آج شام یہاں کوئی نہ آئے"، انیس نے بچوں کی طرح ضد کر کے کہا۔

"آپ کیسی باتیں کرتے ہیں مسٹر انیس"، مسز ہیگ مین نے جواب دیا۔ "کسی ریسٹوران یا رقص گاہ یا کسی اور پبلک جگہ پر آپ لوگوں کو آنے سے کس طرح روک سکتے ہیں؟"

"لیکن میں چاہتا ہوں کہ آج یہاں کوئی نہ آئے"، انیس نے پھر اپنی بات دہرائی۔ "یہ تو اسی وقت ہو سکتا ہے کہ جب آپ پورا ہیک مینز اپنے لیے مخصوص کروالیں"، مسز ہیک مین نے ہنس کر جواب دیا۔

"میں اس کے لیے تیار ہوں"، انیس نے تقریباً چلا کر کہا۔ "آپ اس کے لیے تیار ہیں؟ لیکن کیا آپ کو معلوم ہے کہ پورے ہیک مینز کا ایک شام کا کرایہ سات ہزار روپے ہو گا؟" مسز ہیک مین نے جواب دیا۔ "صرف۔۔۔؟ یہ لیجئے۔۔۔" انیس نے اپنی وہ لافانی چیک بک نکالی اور سات ہزار کا ایک چیک کاٹ کر حیرت زدہ مسز ہیک مین کے حوالے کیا۔

جیوتی لال کا ریزرویشن اس طرح خود بخود کینسل ہو گیا۔ بیروں نے جو چند لوگ ادھر ادھر آئے بیٹھے تھے۔ ان سے مودبانہ عرض کی، "آج سارا ہیک مینز مخصوص کروا

لیا گیا ہے اس لیے آپ حضرات تشریف لے جایئے۔"ساری رقص گاہ خالی ہوگئی۔ چھ بجا ہی چاہتے تھے۔ قاضی انیس الرحمن پنولین کی سی فاتحانہ شان سے سنسان ہال کی ایک نشست پر جابر اجمان ہوئے اور آنے والے معرکے کے انتظار میں مصروف ہوگئے۔

ٹھیک چھ بجے جیوتی لال اور سگرڈ اپنے مہمانوں کی ساری پلٹن سمیت ہیک منیز کے دروازے پر پہنچے۔ وہ سب اندر داخل ہونے والے ہی تھی کہ ایک بیرے نے گیلری میں سے سر نکال کر بڑے ادب سے عرض کی کہ سرکار اندر تشریف نہیں لا سکتے۔

"کیا؟"موتی لال نے حیرت سے پوچھا۔"میں نے عرض کیا نا۔(بیرہ لکھنؤ کی طرف کا تھا) کہ حضور اندر آنے کی زحمت گوارا نہ فرمایئے۔"

"کیا بک رہے ہو"، موتی لال کو اس بد تمیز پر سخت غصہ آرہا تھا۔"ایک ہفتہ پہلے میں ریزرویشن کروا چکا ہوں۔"

اب سارے مہمان قطار میں سے بے حد دلچسپی سے گردنیں نکال کر جیوتی لال اور بیرے کا مکالمہ سننے میں مصروف ہوگئے۔ وہ سب سڑک پر ششدر کھڑے تھے اور اندر جانے سے قاصر تھے۔ موتی لال کی ایسی توہین آج تک کسی نے نہیں کی تھی۔ وہ غصے سے سرخ ہو کر چلائے۔

"مسز ہیک مین کو بلاؤ یہ کیا مذاق ہے؟"مسز ہیک مین مسکراتی ہوئی برآمد ہوئیں۔

"یہ کیا قصہ ہے مسز ہیک مین۔ میں صریحاً ریزرویشن کروا چکا ہوں اور اب آپ کا یہ سخت نامعقول بیرہ ہمیں اندر جانے سے روکتا ہے۔ مسوری کی تاریخ میں کبھی آج تک ایسا خوف ناک واقعہ ہوا تھا؟"

"لیکن مسٹر جیوتی لال قانون میں یہ کہیں نہیں ہے کہ اگر سارے ہوٹل کا مجھے پیشگی کرایہ دے دیا جائے تو میں اسے منظور نہ کروں۔"

"کس گدھے نے سارے ہوٹل کا کرایہ دیا ہے۔۔۔؟" جیوتی لال گرجے۔ "حضور یشلے ہال کے قاضی انیس الرحمن نے" بیرے نے سر نکال کر چپکے سے جواب دیا۔

دوسرے لمحے انیس نے گیلری میں سر نکال کر جھانکا۔ "ہلو سگرڈ۔ تم باہر کھڑے کھڑے تھک گئی ہوگی آؤ ایک پیالی قہوہ پی لو۔ باہر تو کافی سردی ہے"، اس نے کہا۔

سگرڈ نے مہمانوں کے ہجوم میں سے نکل کر ایک قدم آگے بڑھایا۔ پھر کچھ ٹھٹکی اور پھر آخر پلٹ کر جیوتی لال کو شب بخیر کہنے اور اس کی دعوت کا شکریہ ادا کرنے کے بعد آناً فاناً گیلری میں داخل ہوگئی۔

جیوتی لال اور اس کے مہمان یہ دیکھ کر باہر ایسے منجمد رہ گئے جیسے سب پر پالے کا اثر ہو گیا ہو۔ اب ہیک منیز کے اندر یہ روح افزا منظر تھا کہ سنسان بال روم کی سطح پر صرف ایک جوڑا رقص کر رہا ہے۔ انیس اور سگرڈ اور بینڈ والے بے حد مستعدی سے صرف ایک جوڑے کے لیے سوانی بجا رہے ہیں۔

کچھ دیر انیس اکتا گیا۔ اپنے حریف کو ایسی مضحکہ خیز شکست وہ بہر حال دے چکا تھا۔ اس نے سوچا کہ جب ایک شام کے لیے سات ہزار روپے پھینکے ہیں تو اسے سوارت ہی کیا جائے۔ چنانچہ وہ پھر باہر آیا اور مال پر پہنچ کر اسے جو شناسا نظر آیا اسے دعوت دی کہ چلو ہمارے ساتھ ہیک منیز اور جو جو جاننے والے اسے ملے ان سے کہا کہ اور جو دوست تمہیں راستے میں ملیں ان سب کو لے کر ہیک منیز آجاؤ۔

ابھی جیوتی لال کی پارٹی والے مہمان سڑک ہی پر تھے کہ انہیں انیس کے دوڑائے ہوئے اسکاوٹ مل گئے جو ادھر ادھر سے پکڑ کر زبردستی کے مہمانوں کو جمع کرتے پھر رہے تھے۔ جیوتی لال کے مہمان آپس میں یہ طے کر ہی رہے تھے کہ اب کہاں چلا جائے کہ اتنے میں انیس کے اسکاوٹ ان کی طرف آئے اور انتہائی ڈھٹائی سے انہیں انیس کی

پارٹی کے لیے مدعو کیا۔ مہمانوں نے کن انکھیوں سے ایک دوسرے کو دیکھا۔ آخر جس نے کہا، "شام تو برباد ہو گئی چلو انیس ہی کی پارٹی میں چلتے چلتے ہیں۔" ان میں سے بہت سے جیوتی لال سے معذرت چاہ کر دوبارہ ہیک منیر چلے گئے۔ صرف وجاہت کا گروپ انتہائی وفادار اور مستقل مزاجی سے جیوتی لال کے ساتھ رہ گیا اور اسٹنڈنڈر میں جاکر آئس کھانے کے بعد وہ سب دنیا کی بے ثباتی اور انسانوں کی بے وفائی پر مرثیے پڑھتے 'وائلڈ روز' واپس آگئے جو ایسے معرکوں کے بعد دوستوں کی آخری جائے پناہ تھی۔

دوسری صبح جیوتی لال پہلے گیٹ سے واپس نیچے چلا گیا۔

وقت تیزی سے آگے نکلتا گیا۔ ہر سال مسوری میں اسی طرح کے نت نئے واقعے ہوتے رہتے۔ سگرڈ انیس کے ساتھ برابر نظر آتی رہی۔ لیکن اب اس قصے کی نوولٹی بھی کم ہو چلی تھی۔ لوگ کسی زیادہ سنسنی خیز واقعے کے منتظر تھے جو زیادہ سے زیادہ عرصے تک چائے کی میزوں پر موضوع گفتگو بنا رہے۔

لیکن بوبی ممتاز اب تک مایوس نہ ہوا تھا اسے سگرڈ پر یقین تھا۔ انسانیت کی حقیقی اچھائی پر اور اپنی زندگی کے ان لمحات پر یقین تھا۔ جو اس نے اتنے برسوں پہلے ۴۲ء میں اپنے آپ کو دنیا کا خوش قسمت ترین انسان سمجھتے ہوئے گزارے تھے۔ جب وہ اور سگرڈ گھنٹوں اسکیٹنگ اور ٹینس کی باتیں کیا کرتے تھے اور زندگی اچھی تھی۔۔۔ کائنات اتنی بشاش ہے۔ یہ معصوم سپید پھول، بلورین جھرنے، مقدس برفیلے پہاڑ، اس بری لڑکی نشاط نے اس سے کہا تھا، "دیکھو۔۔۔ یہ کھلا نیلا آسمان، اونچے درخت، قرمزی بادل، ہمارے چاروں طرف ہر چیز اتنی عظیم ہے، اتنی بلند ہے، اتنی فراخ دل ہے، ایسے میں کیا تم زندگی سے مایوس ہو سکتے ہو۔ خدا اور اس کے بندوں سے مایوس ہو سکتے ہو؟"

۴۷ء آیا۔ یہ مسوری میں اس کا آخری سال تھا۔ وہاں پر تقسیم شدہ پنجاب سے آئے

ہوئے دولت مند شرنارتھیوں کا ایک بے پناہ سیلاب تھا۔ جو ہر طرف امنڈ رہا تھا۔ پندرہ اگست آکر گزر چکی تھی۔ ۱۵ اگست 'جب پہاڑوں کی ملکہ' مسوری دلہن کی طرح سجائی گئی تھی۔ اس کا ہر ناچ گھر، ہر عمارت، ہر مکان سہ رنگی جھنڈیوں اور قمقموں سے سجایا گیا تھا۔ رات رات بھر جشن ہوتے رہے تھے۔ پہاڑوں کی ملکہ نے ایسی رونق، ایسی چہل پہل خود کبھی آج تک نہ دیکھی تھی۔ یہ بڑا عجیب منظر تھا۔ ایسا لگتا تھا جیسے کسی ڈوبتے ہوئے جہاز کے مسافر لائف بیلٹس لگا کر سمندر میں کودنے کے بجائے سب کے سب ہڑبڑا کر جہاز کی رقص گاہ میں ایک آخری ناچ کے لیے گھسے جا رہے ہوں۔ 'اولڈ ٹائمرز' وہاں اب خال خال نظر آتے تھے۔ یشلے ہال سونا پڑا تھا۔ انیس پر اس کی بیوی نے نان ونفقے کا دعویٰ کر رکھا تھا اور وہ بڑی پریشانی کے عالم میں مقدمے کے سلسلہ میں مراد آباد کے چکر لگاتا رہتا تھا۔ سگرڈ ایک آدھ دفعہ سوائے میں کسی کپتان کے ساتھ نظر آئی تھی۔

پھر وہ رات آئی۔ ۹ ستمبر ۴۷ء کی 'وائلڈ روز' کی آخری رات۔ لیکن کسی کو پتہ نہیں تھا کہ وہ آخری بار وہاں اکٹھے ہوئے ہیں۔ وہ سب آگ کے سامنے بیٹھے تھے۔ آتش دان میں چیڑھ کے درخت کے خشک پھولوں اور پائن کی چھٹیاں کی آگ دہک رہی تھی۔ باہر ہوا بہت تیز تھی اور وائلڈ روز کے پہلو میں چند گز کے فاصلے پر جو اونچا پہاڑ کھڑا تھا، اس کی چوٹی پر سے پانی کے نالے خوب زور سے شور مچاتے ہوئے نیچے گر رہے تھے۔ اور ان کی چھینٹیں چاروں طرف اڑ اڑ کر باورچی خانے کی ٹین کی سرخ چھت پر جل ترنگ بجا رہی تھیں۔ نشست کے گرم اور خاموش کمرے میں وہ سب خاموش بیٹھے آگ کو دیکھ رہے تھے۔۔۔

"پھر کوئی پتھر گرا"، کوئینی نے دفعتاً چونک کر کہا۔ سب گھبرا کر دریچے کی طرف دیکھنے لگے جو پہلو کے پہاڑ کی طرف کھلتا تھا۔ اس پہاڑ پر سے جو بڑے بڑے پتھر اکثر آپ

سے آپ لڑھک کر نیچے آ گرتے تھے۔ اور نشیب میں نالے کی تہہ میں جمع ہوتے جاتے تھے۔ اس پہاڑ کے نیچے سے گزرنے والی پگڈنڈی پر سے جاتے ہوئے اکا دکا پہاڑی قلی اکثر ان گرتے پتھر کے نیچے آکر دب جاتے تھے۔ قلیوں کے علاوہ اس پگڈنڈی پر سے کوئی نہ گزرتا تھا۔ رکشاؤں اور چہل قدمی کرنے والوں کے لیے دوسری پگڈنڈی تھی جو وائلڈ روز کے پھاٹک کے سامنے گھوم کر جاتی تھی۔

"کہیں کوئی دب نہ گیا ہو" موتی لال نے فکر مندی سے کہا۔ "ہشت۔۔۔ کوئی نہیں دبا ہو گا"، فریڈ نے یہ خیال جھٹک دیا۔

ایسے خوش گوار وقت میں جب کہ وہ سب آرام سے آگ کے پاس بیٹھے تھے اور باہر بارش ہو رہی تھی، موت کا خیال نہایت مضحکہ خیز اور غیر ضروری تھا۔ موت۔۔۔ اور دکھ۔۔۔ سات آٹھ سال قبل اسی پہاڑ کے نیچے سے گزرتے ہوئے روبی کھوچڑ کا اکلوتا بھائی گھوڑے پر سے گر کر مر گیا تھا۔

ہوائیں شور کرتی رہیں۔ اور اس وقت ان سب کے دل میں ایک ساتھ ایک عجیب خیال آیا۔ دنیا جو کچھ ہم چاہتے ہیں ہمیں کبھی نہیں دیتی۔ ہم احمقوں کی طرح منہ کھولے سامنے مستقبل کے اندھیرے کی طرف دیکھتے رہتے ہیں۔ اور آخر کار ایک روز اس اندھیرے میں سے موت نکل کر آتی ہے اور ہمیں ہڑپ کر لیتی ہے اور اس سارے نظام کائنات پر ہماری غیر موجودگی سے کوئی فرق نہیں پڑتا۔ روبی کھوچڑ کا بھائی ان ہی لوگوں کے ساتھ، اسی کمرے میں اکثر اس آگ کے سامنے بیٹھا کرتا تھا اور اب وہ مدتوں سے وہاں پر نہیں تھا۔ لیکن گویا یہ کوئی بات ہی نہیں تھی۔

"ایک پتھر اور گرا"، کملا نے باہر کی آوازوں کی طرف کان لگاتے ہوئے کہا۔ "ہولی میری"، لو نے خوف زدہ ہو کر چپکے سے اپنے آپ کو کراس کر لیا۔

بوبی دفعتاً آتش دان کے پاس سے اٹھ کر دریچے میں جا کھڑا ہوا۔ بہت وسیع اندھیرا وادیوں اور پہاڑوں پر پھیلا ہوا تھا۔ اور اس اندھیرے کو بارش کے پانی کی دھاریں اور ہوا کے تھپیڑے کاٹ رہے تھے۔ اور بجلی کی چمک ان کے لیے راستے بناتی جا رہی تھی۔ بوبی نے محسوس کیا۔۔۔ میں بھی۔۔۔ یعنی یہ انسان۔۔۔ ممتاز احمد، جو اس وقت 'وائلڈ روز' کے دریچے میں کھڑا ہے۔ ان چنگھاڑتے ہوئے عناصر کا ایک اس قدر بے بس اور کمزور حصہ ہے۔۔۔ روح کا کرب، زندگی کی تڑپ، دل کی بے چینی عناصر کی اس قیامت خیز گھن گرج میں گھل مل کر ایسی ایک بے آواز سی دھڑکن بن گئی ہے۔ یہ پہاڑ، یہ طوفانی نالے، یہ اونچے بے پروا درخت۔ ان سب پر میرے وجود کے ہونے یا نہ ہونے کا کوئی اثر نہیں پڑتا۔ کبھی خدا آئے گا اور زندگی کی دھڑکن کے خاتمے کے بعد اپنی اس بے کراں کائنات کے ویرانے میں بہتی ہوئی ان پر شور طوفانی ندیوں کو دیکھ کر سوچے گا۔ میں نے یہ دنیا کیوں بنائی تھی۔۔۔؟

فریڈ آتش دان کے پاس بیٹھے بیٹھے کوئی پرانا گیت گنگنا رہا تھا۔

"نہیں جیوتی بھائی۔۔۔ ان پتھروں کے نیچے کوئی نہ دبا ہوگا۔۔۔ خداوند خدا تو اتنا رحم دل ہے" فریڈ نے شعلوں کو غور سے دیکھتے ہوئے آہستہ آہستہ کہا۔ "مجھے اس وقت ایسا لگ رہا ہے جیسے چیڑھ اور پائین کے درخت خدا نے اسی لیے اگائے تھے کہ میں ان کی لکڑیوں سے آگ تاپوں، کوئینی اور وجو اور لو اور تم سب اسی لیے تخلیق کیے گئے تھے کہ میں تمہارے ساتھ اطمینان اور سکون کے چند لمحات گزار سکوں۔ کوئینی اور وجو کے ابا نے آج سے پچّیس سال پہلے یہ وائلڈ روز اسی لیے خریدی تھی کہ ایک روز میں اس کے آرام دہ کمرے میں آگ کے سامنے بیٹھ سکوں۔ وجو تم خوش نہیں ہو؟ بوبی ممتاز تم خوش نہیں ہو؟ تمہیں اپنے وجود کے لیے خداوند خدا کا شکر گزار ہونا چاہیے"، وہ چپ ہو کر پھر

آگ کو دیکھنے لگا۔

سب خاموش تھے۔ پھر وجاہت نے آہستہ آہستہ کہا، "میں بہت خوش ہوں ٹھاکر پال فریڈرک رنبیر سنگھ۔ لیکن اگر یہ پہاڑ، جو صدیوں سے ہزاروں لاکھوں برس سے اسی طرح کھڑا ہے، جس کے سائے میں یہ ہمارا گھر پچیس سال سے اسی طرح موجود ہے، یہ پہاڑ اگر ایسی ہی کسی طوفانی رات میں یک لخت ہماری چھت پر آن گرے تو کیا ہو۔۔۔؟ کیا ہم سب صرف یہی چاہتے ہیں کہ ہم اپنے مقاصد میں کامیاب ہوں، اپنی تمنائیں پوری کر سکیں، شہرت اور عزت حاصل کریں، اپنے چاہنے والوں کے کام آئیں اور پھر ختم ہو جائیں؟ سب کی یہی خواہش ہوتی ہے۔ تم کو یقین ہے کہ جب وہ ایک اچھی، ایمان دار کیتھولک کی طرح مرے گی اور آسمان پر جائے گی تو اسے فوراً فرشتوں کے کوایئر میں شامل کر لیا جائے گا۔ اس کے شانوں پر دو چھوٹے چھوٹے نقرئی پر اگ آئیں گے اور وہ آنکھیں بند کر کے خداوند خدا کی تقدیس کی حمدیں گایا کرے گی۔ جس نے اسے اپنی جنت میں داخل کیا۔ ایک بلی جب اپنے ناشتے کے بعد آگ کے سامنے کشن پر مکمل اطمینان اور فراغت کے احساس کے ساتھ آنکھیں موند کر لیٹی ہے اس وقت وہ یقیناً یہی سوچتی ہو گی کہ خدا ایک بڑا سا، سفید، ایرانی بلا ہے جس کی مونچھوں میں سے نور کی شعاعیں نکل رہی ہیں"، وجاہت بھی خاموش ہو گیا۔

دریچے کے باہر وادی کے نشیب میں خان بہادر صاحب کی کاٹج میں مدھم سی روشنی ہو رہی تھی۔ اور بارش کا شور تیز ہوتا جا رہا تھا۔

"آج کی رات۔۔۔ آج کی رات کچھ ہو گا۔۔۔ کچھ ہو گا"، لو نے دفعتاً بے حد خوف زدہ ہو کر کہا۔ "کچھ نہیں ہو گا۔ بے وقوفی کی باتیں مت کرو۔۔۔" فریڈ نے اسے ڈانٹ دیا۔ وہ کشنوں کو بازوؤں میں سمیٹ کے شعلوں کو دیکھنے لگی۔

کوئینی اور وجاہت کی چھوٹی سی بھانجی جو اب تک بڑوں سے الگ ایک کونے میں مکی ماؤس کی کتاب دیکھ رہی تھی۔ یک لخت اپنی جگہ پر سے اٹھ کر آتش دان کے سامنے آکر بیٹھ گئی۔ "میں بتاؤں انکل فریڈ؟" اس نے فریڈ کی طرف اپنے چھوٹے چھوٹے ہاتھ پھیلائے ہوئے کہا، "اس وقت میرا جی چاہ رہا ہے کہ ہم سب اپنی اپنی سوئمنگ کوسٹومز پہن کر باہر کے پہاڑی نالے میں جاکے غوطے لگائیں۔" اس کی اس عجیب وغریب خواہش کے اظہار پر سب کو ہنسی آگئی۔

"بوجھقوف مت بنو طلعت ڈارلنگ"، فریڈ نے اسے فرش پر سے اٹھا کر گود میں بٹھاتے ہوئے کہا "ایسی سردی میں اگر ہم نالے میں غوطے لگائیں گے تو سب کو نمونیہ ہو جائے گا اور سب کو ہو جائے۔۔۔ لیکن اگر میں مر گیا تو پھر تمہاری لو آنٹی سے کون شادی کرے گا اور تمہیں چاکولیٹ کون کھلایا کرے گا؟" سب ہنسنے لگے۔

اس کے بعد پھر وہی خاموشی طاری ہوگئی۔ جس میں صرف گھڑی کی یکساں ٹک ٹک اور باہر کی بارش کی آواز مخل ہو رہی تھی۔

"یہ زور کا دھماکہ کیسا ہوا؟ آج رات کی بارش بڑے بڑے پتھروں کو بہا کر نیچے لے جائے گی" یاسمین نے کہا۔ "کوئی نہیں کہہ سکتا کہ موت کے وقت کی تکلیف ہم سب میں سے کس کی سب سے زیادہ ہوگی۔"

وجاہت نے کچھ سوچتے ہوئے کہا، "میں نے اپنے عزیزوں اور پیارے دوستوں کو مرتے دیکھا ہے۔ میدان جنگ میں زخمیوں کے دم توڑنے کا نظارہ کیا ہے۔ ان فسادوں کے زمانے میں مجھے انسان ایک دوسرے کو چھرے بھونکتے نظر آئے ہیں۔ پتہ نہیں ہماری قسمتوں میں کس طرح کی موت لکھی ہے، کس طرح کی زندگی۔۔۔ کیا پتہ اگلے لمحے ہی یہ پہاڑ جو لاکھوں برس سے اس جگہ کھڑا ہے، دفعتاً اپنا ارادہ تبدیل کردے اور

ہمارے 'وائلڈ روز' پر آن گرے۔ کوئینی! ایک مرتبہ سخت موسلا دھار بارشوں کے زمانے میں نینی تال میں ایک پہاڑ اپنے اوپر بسے ہوئے ناچ گھروں اور جگمگاتی تفریح گاہوں اور مکانوں کو روندتا ہوا دفعتاً جھیل میں جا گرا تھا۔ اس رات گورنر کے بال روم میں ایک خاص جشن تھا، اور سب ناچ رہے تھے اور دنیا بڑی جوان اور پر مسرت تھی۔۔۔ دوسرے لمحے میں وہ سب لاکھوں من وزنی پتھروں سے کچلے ہوئے پانی کی تہہ میں پڑے تھے۔" چپ رہو وجو۔۔۔ "لو نے خوف زدہ ہو کر کہا۔

"ہاں چپ رہو وجو"، کوئینی نے ڈپٹ کر اس سے کہا۔ "ہم سب کیوں موربڈ ہو گئے ہیں آؤ کوئی بے وقوفی کا کورس گائیں۔"

یاسمین نے ایک پرانا گیت شروع کر دیا۔ لیکن دفعتاً وہ سب پھر خاموش ہو گئے۔ بارش کی آواز مدھم پڑ گئی تھی اور نیچے خان بہادر کی کاٹج سے لگتا تھا کہ شور قیامت بلند ہو رہا ہے۔

"کیا ہوا۔ کیا آگ لگ گئی"، لو نے دریچے کی طرف بھاگتے ہوئے گھبرا کر پوچھا۔ "بکو مت۔ ایسی بارش میں آگ کیسے لگ سکتی ہے"، فریڈ نے کہا۔ ایک نوکر گھبرایا ہوا اندر آیا۔

"کیا بات ہے منے خان؟" وجاہت نے پریشانی سے پوچھا۔ "سرکار نیچے میم صاحب کے گھر پر ایشلے ہال والے انیس صاحب آئے پہنچے ہیں اور ہلا کر رہے ہیں اور کپتان صاحب کو جان سے مارے ڈالتے ہیں۔"

"کون کپتان صاحب رے؟" کملا نے حیرت سے پوچھا۔ "حضور وہی جن کے ساتھ سگرڈ بٹیا کل نیچے جا رہی ہیں۔"

"کیا؟" سب نے آنکھیں پھاڑ کر پوچھا۔ منے خان پر اس استعجاب کا کوئی اثر نہ ہوا۔

وہ اپنی یکساں آواز میں کہتا رہا۔ "سرکار میں تو بورچی خانے میں چلم پی رہا تھا۔ جو میم صاحب کے کھدمدگار نے آکر بتایا کہ وہاں سر پھٹول ہو رہی ہے۔"

"ٹھہرو میں چلتا ہوں۔" وجاہت نے کہا۔ کوئینی نے اس کا راستہ روک لیا۔ "مت جاؤ وجو"، وہ چلائی۔

"کیوں نہ جاؤں۔۔۔؟ چلو بھئی فریڈ، جیوتی بھائی، سب لوگ، تم لڑکیاں یہیں رہو تماشا دیکھنے کے شوق میں بارش میں نہ نکل آنا۔"

یہ شور و غل سن کر بیگم صفدر اوپر سے اتر آئیں۔ "اس اندھیرے اور پانی میں کہاں جا رہے ہو۔ وجو باؤلے ہوئے ہو گیا۔" انہوں نے ڈانٹا۔

"ممی، چچی ارنا کے ہاں فوجداری ہو رہی ہے۔ آخر تو وہ لوگ ہمارے ہمسائے ہیں۔" وجاہت نے برساتی اوڑھتے ہوئے کہا۔

"مت جاؤ وجو۔۔۔" کوئینی پھر چلائی۔ "انیس ممکن ہے ڈرنک بھی پیئے ہو۔ تم لوگوں سے الجھ پڑے گا۔ تم کیوں پرائے پھٹے میں پیر اڑاتے ہو۔"

وجاہت کی سمجھ میں یہ بات آگئی۔ یہ ایک طے شدہ امر تھا۔ اور سب جانتے تھے کہ کوئینی اور وجاہت بے حد سمجھ دار اور پریکٹیکل لوگ ہیں۔۔۔

وجاہت نشست کے کمرے میں واپس آگیا۔ اس کی ممی نے کھانے کے کمرے میں جاکر رشوت کے طور پر ان سب کے لیے قہوہ بھجوا دیا۔ تاکہ ان کا دھیان کسی اور طرف لگے۔ اپنی اپنی پیالیاں اٹھا کر وہ سب بوبی ممتاز کی طرف مڑے۔ لیکن وہ وہاں نہیں تھا۔

بوبی ممتاز 'وائلڈ روز' کے مختصر سے احاطے کی ڈھلوان کا فاصلہ طے کر کے بالکل خواب کی سی حالت میں چلتا ہوا خان بہادر صاحب کی کاٹج تک پہنچ گیا۔ چچی ارنا کے نوکر اور کپتان صاحب کے اردلی انیس کو زبردستی پکڑ کر رکشا میں بٹھا رہے تھے۔ اور اس کے

ماتھے سے خون بہہ رہا تھا۔

بوبی ممتاز آہستہ آہستہ سگرڈ کے گھر میں پہلی بار داخل ہوا۔ دروازے میں وہ مشہور و معروف کپتان دونوں ہاتھ بغلوں میں دیئے دیوزاد فوجیوں کی طرح ٹانگیں پھیلائے راستہ روکے کھڑا تھا۔ "اب آپ تشریف لائے! آپ کون بزرگوار ہیں؟" اس نے ڈپٹ کر بوبی سے پوچھا۔

بوبی بے پروائی سے اسے سامنے سے ہٹاتا ہوا اندر کے کمرے میں پہنچ گیا۔ سگرڈ صوفے پر اوندھی لیٹی زور زور سے سسکیاں بھر رہی تھی۔ روتے روتے اس کی آنکھیں گلابی ہو چکی تھی۔

"سگرڈ" بوبی نے بالکل قرون وسطی کے رومانی سورماؤں کی طرح صوفے کے قریب فرش پر دوزانو جھک کر آہستہ سے کہا۔ وہ اسی طرح سسکیاں بھرتی رہی۔ "سگرڈ" اس نے دوبارہ اسے پکارا۔

"یہ تم ہو بوبی"، بالآخر سگرڈ نے آنکھیں کھول کر اسے غور سے دیکھتے ہوئے دھیرے سے کہا۔ "تم ہو۔۔۔ لیکن تم تو بہت دیر کر کے آئے ہو بوبی ممتاز۔ اب تم واپس چلے جاؤ۔"

"میں واپس قطعی نہیں جاؤں گا"، بوبی نے بچوں کی طرح ضد سے کہا۔ "تم کو میرے ساتھ چلنا ہو گا۔ سمجھیں تم۔ میں تمہیں اپنے ساتھ لے جاؤں گا۔ اگلے ہفتے میں پاکستان جا رہا ہوں وہاں ہم۔۔۔"

"نہیں بوبی"، وہ اپنے چھوٹے چھوٹے سفید ہاتھوں سے آنکھیں ملتے ہوئے تاسف سے بولی۔ "تم بہت سویٹ ہو۔ لیکن میں تمہارے ساتھ نہیں چل سکتی۔ میں کل صبح اس کپتان کے ساتھ نیچے جا رہی ہوں۔ وہاں میں اس سے شادی کر لوں گی۔"

"تم۔۔۔ تم اس اکھڑ آدمی سے شادی کرلوگی"، بوبی نے فرش پر سے اٹھتے ہوئے تقریباً چلا کر کہا۔ "ہاں۔۔۔" سگرڈ کی گہری صاف آواز نیم تاریک کمرے میں آہستہ سے گونجی۔ "اس شخص کو مجھ سے شادی کرنی پڑے گی۔"

"تو کیا۔۔۔ کیا وہ سب باتیں صحیح ہیں"، بوبی نے بے حد دکھ کے ساتھ رکتے ہوئے پوچھا۔ "میرا مطلب ہے۔ وہ سب افواہیں۔۔۔" کوئی چیز اس کے حلق میں اٹکی۔

"ہاں۔ بالکل صحیح۔۔۔" سگرڈ نے سکون کے ساتھ جواب دیا۔ "اچھا خدا حافظ۔ بوبی ممتاز اب تم واپس جاؤ، بارش پھر آنے والی ہے۔۔۔ تم بہت سویٹ ہو۔ خدا تمہارے ساتھ رہے۔" وہ صوفے پر سے اٹھ کھڑی ہوئی۔

وہ باہر آگیا۔ بارش پھر شروع ہو چکی تھی۔ اور بجلی زور زور سے کڑک رہی تھی۔

اس رات ۹ ستمبر کی اس طوفانی رات کوئینی اور وجاہت اپنے دوستوں کو رخصت کرنے کے بعد سونے کے لیے اوپر جا چکے تھے۔ تو بارہ بجے کے قریب ٹوٹو بنرجی کا فون آیا۔ "یہاں بھی یک لخت فساد شروع ہو گیا ہے۔ ابھی ابھی مال پر کئی آدمیوں کو چھرے بھونکے گئے ہیں۔ تم سب صبح ہوتے ہی جس قدر جلد ہو سکے دہرہ دون چلے جاؤ۔ بھگوان نے چاہا تو ہم سب پھر جلد ہی اچھے دنوں میں دوبارہ ملیں گے۔ بھگوان تمہارے ساتھ رہیں"، وہ کہہ رہی تھی۔

انہوں نے راتوں رات جس قدر ممکن ہو سکا سامان پیک کیا اور صبح پو پھٹتے سمے مسوری کو الواع کہہ کر نیچے جانے کے لیے تیار ہو گئے۔ بارش رات بھر برس کر تھم چکی تھی۔ بہت سہانی اور ٹھنڈی ہوائیں چل رہی تھیں۔ ہر چیز دھلی دھلائی اور تروتازہ تھی۔ بارش سے دھلی ہوئی چٹانوں اور پگڈنڈیوں پر انسانی خون کے چھینٹے چاروں طرف زیادہ تیزی اور سرخی سے چمک رہے تھے۔ جس وقت کوئینی 'وائلڈ روز' کے دروازے بند

کروانے میں مصروف تھی چچی ارنا کا فون آیا۔ وہ پھولے ہوئے سانس سے کہہ رہی تھی کہ وہ لوگ سگرڈ کو بھی اپنے ساتھ لیتے جائیں۔

"لیکن چچی سگرڈ اور آپ سب تو کپتان صاحب کے ساتھ زیادہ حفاظت سے جاسکتی ہیں فوجی کونوائے کے ساتھ"، کوئینی نے ان سے کہا۔ "وہ۔۔۔؟ وہ کم بخت تو صبح ہوتے ہی جان بچا کر پہلے کونوائے کے ساتھ بھاگ گیا۔ مجھے ڈر ہے کہ اسی طرح سگرڈ کو چھوڑ کر وہ دہرہ دون سے اور آگے نہ نکل جائے"، چچی ارنا نے کہا۔

"اچھا چچی میں ابھی بوبی ممتاز کو فون کیے دیتی ہوں۔ وہ آپ لوگوں کے لیے ٹرک کا انتظام کر دے گا۔ اسے حکومت نے (Evacuation) کے انتظام کے لیے ہی روک لیا ہے"، کوئینی نے کہا اور جلدی سے فون پر بوبی کو چچی ارنا کا پیغام پہنچا دیا۔۔۔

جس وقت کوئینی کا فون پہنچا۔ بوبی منتظم آفیسر کے دفتر میں بیٹھا کونوائیز کی فہرست پر نظر ڈالنے میں مصروف تھا۔ لحظہ بہ لحظہ فساد کا زور بڑھتا جا رہا تھا۔ کوئینی کی اطلاع پر اس نے فوراً چند سپاہی خان بہادر صاب کے گھر کی طرف روانہ کیے۔ اور دفتر سے باہر آیا۔ خدا وندا۔۔۔ کیسی عجیب وغریب صورت حال تھی وہ خود اسے اپنے سے دور بھیجنے کا انتظام کر رہا تھا۔ وہ دیر تک سر کھجاتا رہا۔ اردلی کے ہاتھ کیا وہ اسے ایک پرچہ بھی بھیج دے۔ لیکن یہ ایک انتہائی جذباتی بات ہو گی۔ پھر اس نے سوچا واہ۔ اس میں جذباتیت کا کیا سوال ہے۔ ارے بھئی وہ اسے انتظامی سروس کے ایک ذمہ دار رکن کی حیثیت سے یہ سرکاری اطلاع دے رہا ہے کہ فلاں فلاں وقت پر اسے ملٹری کونوائے کے ساتھ نیچے بھیجا جائے گا اور بس۔

آخر بڑے سوچ بچار کے بعد اس نے لکھا، "ڈیر مس ربانی۔۔۔" پھر اسے کاٹ کر ڈیر سگرڈ کر دیا۔۔۔ "ڈیر سگرڈ۔ آج چار بجے سہ پہر کو تم لوگوں کے لیے فوجی حفاظت کی

گاڑی کا انتظام کر دیا گیا ہے۔ خدا کرے خیریت سے نیچے پہنچ جاؤ۔ فقط بوبی۔ "لیکن پھر انتہائی بے ساختگی سے اس کے قلم سے نکل گیا۔ "سگرڈ۔۔۔ سگرڈ۔۔۔ سوچو تو۔۔۔ تمہارے نام یعنی مس سگرڈ ربانی کے نام یہ میرا پہلا اور آخری خط ہے، کیوں کہ ممکن ہے آج ہی شام سے یا کل سے تم مسز عثمان بن جاؤ گی۔"

خداوندا۔۔۔ یہ نہایت ہی بے تکی بات تھی جو اس نے لکھی۔ لہٰذا اس نے طے کیا کہ آخر میں یہ بھی لکھ دے کہ میری بہترین خواہشیں اور دعائیں ہمیشہ تمہارے ساتھ رہیں گی۔ چناں چہ اس نے یہ جملہ بھی بڑھا دیا۔ اور لفافہ بند کرنے لگا۔ یک لخت اسے خیال آیا کہ یہ انتہائی غلط بالکل جھوٹ بات اس نے لکھی کہ اس کی بہترین خواہشیں ہمیشہ اس کے ساتھ رہیں گی۔ وہ ان آئیڈل قسم کے ہیروز میں سے قطعی نہیں تھا۔ جو اپنی محبوبہ کی شادی کے وقت نہایت عالی حوصلگی سے کہتے ہیں کہ تم جہاں رہو خوش رہو اور تمہیں خوش دیکھ کر میں بھی خوش ہو لیا کروں گا۔ لاحول ولا قوۃ، اسے ہنسی آ گئی۔ ابھی وہ کچھ طے نہ کر پایا تھا کہ یہی خط بھیج دے یا دوسرا پرچہ لکھے کہ سامنے سے رکشا میں نشاط اسٹینلے آتی نظر آئی۔

"او۔۔۔ ہلو بوبی"، وہ چلائی۔۔۔ وہ ذرا پریشان ہو کر اس کے قریب پہنچا۔

"ارے گھبراؤ مت، تمہارا بالکل عیسائیوں والا نام ہے۔ اس لیے تمہیں کوئی چھرا نہ بھونکے گا" وہ ہنستے ہوئے بولی۔ "مصیبت تو میری ہے کہ غیر مسلم ہوتے ہوئے بھی میرا مسلمانوں جیسا نام ہے۔ اب میں کرپان سے محفوظ رہنے کے لیے اپنا بپتسمہ والا نام اختیار کرنے والی ہوں۔ آؤ چل کر کہیں قہوہ پئیں۔ یہ دن اب کہاں میسر ہوں گے۔۔۔ تم سب بھاگے جا رہے ہو۔" اس کی نقرئی آواز میں تاسف تھا۔

وہ غیر یقینی طور پر وہیں ٹھٹکا کھڑا رہا۔ "بیوقوف مت بنو۔۔۔ چلو میرے ساتھ"،

اس نے بری بہنوں کی طرح ڈانٹا اور اسے کھینچ کر رکشا میں بٹھالیا۔ وہ اسٹنڈرڈ کی طرف روانہ ہو گئے۔

"سنو تمھیں ایک بات بتاؤں"، اس نے پرس کھول کر ایک لفافہ نکالتے ہوئے کہا۔ "کل ڈیڈی کا الہ آباد سے تار آیا ہے۔ میں امریکہ جانے کا ارادہ کر رہی تھی نا۔ اس کے لیے مجھے جہاز میں جگہ مل گئی ہے۔ تم بھی چلتے ہو امریکہ؟ چلے چلو بوبی۔ میں تمھیں یقین دلاتی ہوں کہ تم بہت جلد سب کو بھول جاؤ گے۔ یہ سارا اسگرڈ فلگرڈ کا قصہ۔۔۔ ہمیشہ ایسا ہی ہوتا ہے۔ لیکن ابھی تو کچھ عرصہ تک تم یوں ہی احمقوں کی طرح منہ کھولے بیٹھے رہو گے۔" وہ ہنسنے لگی۔

وہ اسٹینڈرڈ پہنچ گئے۔ اوپر جا کر وہ اپنے پسندیدہ گوشے میں بیٹھ گئی۔ اور بیرے کو آواز دینے کے لیے چاروں طرف دیکھا۔ سارا ہال بالکل خالی پڑا تھا۔ باہر سڑکوں پر سے بلوائیوں کی ہاہاکار کی آوازیں ہوا میں تیرتی ہوئی آکر کھڑکیوں کے شیشے سے ٹکرا رہی تھیں۔ کچھ دیر وہ دونوں خاموش بیٹھے رہے، وہ غیر ارادی طور پر چند لمحوں تک سوانی! ہاؤ آئی لو یو۔۔۔ ہاؤ آئی لو یو، کا پامال نغمہ گنگنا کر میز پر جاز کی گت بجاتی رہی، پھر دفعتاً چپ ہو کر کسی گہری سوچ میں ڈوب گئی۔

بیرہ قہوہ لے آیا۔ بوبی نے خاموشی سے اپنی پیالی ختم کی اور جانے کے لیے اٹھ کھڑا ہوا۔ "بوبی، کیا تم کو بہت جلدی ہے۔ کوئی ضروری کام ہے؟" نشاط نے پوچھا۔ "نہیں تو"، بوبی نے غیر یقینی لہجے میں جواب دیا۔ "اچھا تو سنو۔" وہ رنجیدہ آواز میں بولی۔ "تھوڑی دیر میرے پاس اور بیٹھے رہو۔" وہ پھر کرسی پر بیٹھ گیا۔ وہ خاموش رہی۔

"بوبی ڈیر۔۔۔" کچھ دیر بعد اس نے دفعتاً کہا۔ "خداوند خدا کی اس خوب صورت دنیا میں تمھیں کہیں سے خلوص مل گیا ہے؟ پاکیزہ اور شریف خلوص؟" وہ اپنی جگہ سے

اٹھ کر دریچے میں جا کھڑی ہوئی۔ اور اس کے سرد شیشوں پر اپنی انگلیاں رکھ کر انہیں غور سے دیکھنے لگی، "بوبی ڈیر" اس نے آہستہ سے کہا۔ "میں نے ایک دفعہ کارلیگی کی ایک کتاب پڑھی تھی۔ اس میں اس نے لکھا تھا کہ اگر ایک کتے پر بھی تم مہربان ہو اور اس سے کسی گلی میں ملو تو وہ دس فٹ کے فاصلے پر ہوگا تو اپنی دم ہلانے لگے گا۔ اگر تم اس کی پیٹھ تھپک دو تو خوشی سے پھولا نہ سمائے گا۔ یہ اظہار محبت کسی خود غرضی کی وجہ سے نہیں ہے۔ وہ تمہارے ہاتھ کوئی جائیداد بیچنا نہیں چاہتا۔ نہ وہ تم سے شادی کا خواستگار ہے۔ بوبی ڈیر کیا تم نے کبھی غور کیا ہے کتا ہی ایک ایسا جانور ہے جس کو بغیر کام کیے کھانے کو مل جاتا ہے۔ مرغی انڈے دیتی ہے۔ گائے دودھ دیتی ہے، بلبل نغمہ سرائی کرتی ہے لیکن کتا اپنی بسر اوقات صرف محبت پر کرتا ہے۔" وہ رک گئی۔ "میں اس وقت کیسی عجیب باتیں کر رہی ہوں۔"

وہ پھر اپنی انگلیوں کو غور سے دیکھنے لگی، کیا تم جانتے ہو بوبی ممتاز کہ عورتیں صرف خلوص کی پرستش کرنا چاہتی ہیں۔ اور نرمی۔ اور مہربانی۔ کیا ہم اتنا بھی نہیں کر سکتے کہ زندگی میں ایک دوسرے کے ساتھ اس طرح کا برتاؤ کریں۔ جس سے یہ محسوس ہو سکے کہ یہاں پر خلوص ہے اور آسائش، اور محبت، اور زندگی کی سادگی۔" پھر وہ یک لخت دریچے کی طرف سے مڑی اور گہری اور رنجیدہ، صاف آواز میں کہنے لگی، "بوبی۔۔۔ تمہاری وہ بے حد معزز بہن کوئینی مجھے کیا سمجھتی ہے؟ غالباً کتا یا بلی یا اسی قسم کا کوئی بے عقل اور آسائش پسند جانور۔۔۔ یا اس سے بھی کوئی کم تر چیز۔۔۔ تم میرا مطلب سمجھتے ہو نا۔۔۔ سنو۔۔۔" اس نے کرسی پر واپس آکر بیٹھتے ہوئے کہا۔ "تم جب کبھی اس سے ملو۔۔۔ تم کوئینی سے ضرور ملو گے۔ ہم سب ایک دوسرے سے اچھے دنوں میں دوبارہ کبھی نہ کبھی ضرور ملیں گے۔ تو تم کوئینی سے کہنا کہ دنیا کی ساری عزت، اخلاق کا سارا اعلیٰ

معیار، ساری اچھائی صرف اسی کی ملکیت نہیں ہے۔ دنیا کے برے انسان بھی اتنے ہی اچھے بن سکتے ہیں۔ یہ ساری بری لڑکیاں۔۔۔ روبی کھوچڑ، اور انوری خاں اور سگرڈ ربانی بھی اسی کی طرح اچھی اور اونچی بن سکتی ہیں۔ انسانیت کی حقیقی اور آخری اچھائی ہم سب میں موجود ہے۔ ہم سب خلوص اور محبت اور زندگی کی سادگی کے اہل ہیں۔" پھر وہ چپ ہوگئی۔ اس کی آنکھوں میں آنسو چھلک رہے تھے۔

بوبی نے پہلی مرتبہ اس ہمیشہ ہنستے اور ناچتے رہنے اور دوسروں کا مذاق اڑانے والی لڑکی کی آنکھوں میں آنسو دیکھے۔ اس نے کوئینی کی آنکھوں میں آنسو دیکھے تھے، جب پچھلے دنوں وجاہت کو برون کو نمونیہ ہوگیا تھا۔ اسے یاسمین روتی نظر آئی تھی جب اس کا بلی کا بچہ مرگیا تھا۔ اس نے لو کو چپکے سے آنسو پونچھتے دیکھا تھا۔ جب فریڈ اسے ڈانٹ دیتا تھا۔ لیکن نشاط اسٹینلے کے آنسو۔ یہ بالکل نئی اور غیر متوقع چیز تھی۔

دوسرے لمحے وہ سنبھل کر بیٹھ گئی۔ "اچھا بوبی۔ اب تم چلے جاؤ۔ فساد زوروں پر ہے خدا کرے تم خیریت سے یہاں سے نکل سکو۔ مجھے کبھی کبھی یاد کرلینا۔۔۔ خداوند خدا ہمیشہ تمہارے ساتھ رہے۔۔۔"

وہ بھاری بھاری قدم رکھتا زینہ طے کرکے نیچے آگیا۔ اسی روز آخری گیٹ سے وہ بھی مسوری کو خیرباد کہہ کر میدانوں میں آگیا۔ اور پاکستان کی طرف روانہ ہوگیا۔

دوسرے دن 'وائلڈ روز' لوٹ لیا گیا۔ اس کے سجے ہوئے خوب صورت کمرے عمر بھر کی محنت اور شوق سے جمع کی ہوئی کتابیں اور تصویریں، پرانے نوادر سے سجا ہوا لاؤنج سب کا خاتمہ بالخیر ہوگیا۔ پشلے ہال میں بھی آگ لگادی گئی اور اس کی ساری شان وشوکت پلک جھپکتے میں اللہ کو پیاری ہوئی۔

'وائلڈ روز' کے مشرقی دریچے سے چند گز کے فاصلے پر جو خوب صورت سرسبز پہاڑ

لاکھوں برس سے وہاں کھڑا تھا اسی سکون اور بے نیازی سے موجود رہا۔ اس کے جھرنے اسی طرح مترنم تھے۔ اور اس پر سفید اور نیلے پھول کھل رہے تھے۔ وقت تیزی سے آگے نکلتا گیا۔

پھر بوبی ممتاز نے کسی سے سنا کہ نشاط اسٹینلے نیویارک پہنچ گئی ہے۔ کوئینی اور اس کا گروپ لکھنؤ میں تھا۔ موتی لال کی بمبئ کی زندگی یقیناویسی ہی گزر رہی ہو گی۔ ان کا وال کیشور روڈ کا مکان فلم، اسٹوڈیوز۔ ریس کورس۔ پھر اس نے سنا کہ وہ لکھنؤ فلائینگ کلب کے ایک سرگرم ممبر بن گئے ہیں۔ اور گھنٹوں اپنا طیارہ فضا میں اڑاتے پھرنے کے بعد جب زمین پر اترتا ہے تو مایا کے اس چکر سے کافی مطمئن معلوم ہوتا ہے۔

مغربی یوپی کے فسادوں میں بے حد نقصان اٹھانے کے بعد انیس اپنے بیوی بچوں کے ساتھ لاہور آگیا تھا۔ اور کسی کاروبار کی فکر میں تھا۔ وہ مسوری کے زمانے سب خواب وخیال ہو گئے۔

خداوندا۔۔۔ یہ چھ سال۔۔۔ یہ چھ سال۔۔۔ گھڑی اسی طرح ٹک ٹک کرتی رہی۔۔۔ آٹھ پچپن۔۔۔ برابر کے کمرے میں ریڈیو پر موسم کی رپورٹ جاری تھی۔ "آج شمال میں برف باری ہو گی۔ شمال مغرب میں بارش کے چھینٹے پڑیں گے۔ جنوب میں تیز ہوائیں چلیں گی۔"

کارڈروم میں سے کچھ لوگ پھر برابر والے کمرے میں واپس آگئے۔ ان کی باتوں کی آواز ریڈیو کی آواز پر غالب آگئی۔ "یہ کیا اس مہینے کا اون لکر ہے؟" کسی نے اپنے ساتھی سے پوچھا۔ "ہاں"، دوسرے نے جواب دیا۔

اون لکر کے ورق سرسرانے لگے۔ "ارے یہ کس کی تصویر ہے۔۔۔ مسز سگرڈ عثمان۔۔۔ پہلے نے ایک صفحے پر رک کر پوچھا۔ "اوہ۔۔۔ یہ ہے سگرڈ عثمان۔۔۔؟"

دوسرے نے کہا۔ "آہ۔۔۔ دیٹ ربانی گرل۔۔۔ !خوب چیز تھی۔" تیسری آواز آئی۔

"ہاں۔ لیکن افسوس کہ اس نے شادی کرلی۔۔۔ کب کی؟" چوتھے نے پوچھا۔

"ستمبر میں غالباً۔۔۔ میں تو اس وقت تک جبل پور ہی میں تھا۔ جب میں نے سنا تھا کہ عثمان چھٹی لے کر شادی کرنے مسوری جا رہا ہے۔" پہلے نے جواب دیا۔ "اوہ۔۔۔!" پھر وہ سب ادھر ادھر کی باتوں میں مشغول ہو گئے۔

سنسان لاؤنج میں بیٹھے بیٹھے بوبی ممتاز نے پھر گھڑی پر نظر ڈالی۔ سیکنڈ اور منٹ کی سوئیاں ٹک ٹک کرتی آگے بڑھتی جا رہی تھیں۔ نو بج چکے تھے۔ وہ کھانے کے ہال کی طرف جانے کے لیے لاؤنج میں سے نکل کر گیلری کے دروازے میں آگیا۔ گیلری کے اختتام پر تاریک برآمدے میں سے گزرتی ہوئی دو لڑکیاں ڈرائنگ روم کی طرف جا رہی تھیں۔

"اوہ۔۔۔ یہ اس کی بالکل شراب انڈیلنے والی آنکھیں۔۔۔" ان میں سے ایک نے بوبی کو گیلری میں سے نکلتا دیکھ کر چپکے سے اپنی ساتھ والی لڑکی سے کہا۔ "ہاں۔۔۔ بالکل شراب انڈیلنے والی آنکھیں۔" دوسری نے آہستہ سے اس کی رائے سے اتفاق ظاہر کیا۔ وہ دونوں آگے جا کر ستونوں کے سائے میں غائب ہو گئیں۔

اندر اسی طرح اجنبی لوگوں کی باتیں جاری تھیں۔ بوبی۔۔۔ بوبی۔۔۔ وہ ساری پرانی مانوس آوازیں اندھیرے میں ڈوبتی چلی گئیں۔ بوبی۔۔۔ بوبی۔۔۔ بوبی ممتاز۔۔۔

"ممتاز صاحب۔۔۔" اس نے چونک کر پیچھے مڑ کر دیکھا۔ اس کے میزبان کی بیگم صاحبہ برآمدے کی سیڑھیوں پر ہاتھ میں ناشتہ دان تھامے کھڑی تھیں۔ "ممتاز صاحب واہ آپ بھی خوب ہیں۔ ہم اتنا آپ کو روکتے رہے اور آپ بغیر کھانا کھائے ہی بھاگ آئے۔ آج تو میری سعیدہ نے خود سویاں پکائی ہیں۔۔۔ بڑا شوق ہے اسے کھانا پکانے

کا۔۔۔ اس کے ابا برج کھیلنے کلب آرہے تھے۔ تو میں نے سوچا سویوں کی ایک پلیٹ ان کے ہاتھ آپ کو بھیج دوں۔۔۔ پھر میں خود ہی چلی آئی۔"

وہ ایک لمبا، گہرا سانس کھینچ کر برآمدے میں آگیا۔

باہر برف گرنی شروع ہو چکی تھی۔

***

یادگار افسانوں کی ایک اور کتاب

روشنی کی رفتار

مصنفہ : قرۃ العین حیدر

بین الاقوامی ایڈیشن منظر عام پر آچکا ہے

www.ingramcontent.com/pod-product-compliance
Lightning Source LLC
LaVergne TN
LVHW010800051026
849532LV00007B/2422